Chronik einer Sklavin

Band 5
Achterbahn der Lust

von
Victoria Newton

Klimafreundlich
hergestellt durch
70% Altpapieranteil

Inhalt

Kapitel 17

EIN NACHSPIEL MIT FOLGEN

Phillip erwachte zu seiner üblichen Zeit. Trotz allem war er nicht so fit wie gewohnt. Er fühlte sich zerschlagen obwohl er gestern Abend noch einen Schluck von Sakuras Zaubertrank genossen hatte. Phillip wollte sich erheben um einen Nachschlag von Sakuras Zaubertrank zu holen. Nach so einem Abend hatte er den weiß Gott nötig. Er wurde jedoch in seinen Bewegungen behindert. Erstaunt hob er die Decke an und sah Zita zwischen seinen Beinen liegen. Er hatte sich schon so an ihr leichtes Gewicht gewöhnt, dass er sie total vergessen hatte. Sein schlapper Lümmel lag noch in Zitas Mund. Sie nuckelte daran wie an einem Schnuller.

Zitas linker Fuß ruhte auf Phillips rechtem Schienbein und mit dem rechten Arm hielt sie sein linkes Bein umschlungen. Als Phillip so halb aufgestützt dalag und Zita beim Nuckeln zusah, überkam ihn ein menschliches Rühren.

Im ersten Moment war er versucht es einfach laufen zu lassen. Aber letztlich entschied er sich dagegen. Phillip wollte seine Mädels nicht zu Toilettensklavinnen erziehen und missbrauchen. Wenn es im Eifer der Spielereien dazu kam, in Ordnung. Aber sonst nicht. Vorsichtig begann er sich von Zita zu lösen. Immer wenn er seinen Schwanz aus ihrem Mund lösen wollte, ruckelte sie hinterher. Dann kam Phillip auf die Idee ihr einen ihrer eigenen Daumen zum Nuckeln zu geben. Prompt hatte er Erfolg. Phillip stieg aus dem Bett und ging ins Bad. Nachdem er sich erleichtert hatte, duschte er sich ab und trocknete sich anschließend. Dann weckte er

Zita, schickte sie zu ihrer morgendlichen Reinigung mit
dem Befehl sich anschließend bei ihm zu melden.
Nackt wie er war ging er zu seinen gefesselten Dienerinnen.

Dann begutachtete Phillip ihren Zustand und kontrollierte die Fesselungen. Alles war in Butter, keine Fessel
hatte die Gliedmaßen eingeschnürt. Die Mädels hatten
gut "geschlafen", keins der Kontrollinstrumente hatte
reagiert. Estelle wälzte sich unruhig in ihren Fesseln.
Ihr Fotzensummer hatte gerade wieder einmal seine
lustvolle Arbeit aufgenommen. Die dadurch hervorge-
rufene Stimulation war jedoch nicht so stark, als das
Estelle davon wach geworden wäre. Dazu war ihre Erschöpfung einfach noch zu groß.

Phillip ging weiter zu Franziska. Die sah ihm mit großen, müden Augen entgegen. Sie hatte schlecht geschlafen. So eine Behandlung, wie sie heute Nacht erlebt hatte, war sie nicht gewohnt. Die Freudenspender
in ihren beiden Löchern hatten sie immer wieder auf-
geweckt, sobald sie entschlummert war. Ihr armer
Kitzler war wund vom Schrittseil und sandte Wellen
voller Lust und Schmerz durch ihren Körper, der von
einem dünnen Schweißfilm bedeckt war. Phillip lächelte ihr freundlich entgegen. Franziskas Gesicht verzog
sich zu einem schüchternen Lächeln, dass ihre Augen
erreichte als sie Phillip so strahlen sah.

"Du warst sehr tapfer kleine Sklavin" drangen seine
Worte leise an ihr Ohr. "Deine Schau hat mir gefallen."

In Franziskas Augen glommen Freude und Stolz darüber auf. Das Lob ihres Herrn schmeichelte ihrem
Selbstbewusstsein und sie fühlte sich noch mehr zu

Phillip hingezogen als bisher schon. Zita huschte herein und kniete neben Phillip nieder. Der gab ihr den Auftrag sich um Franziska zu kümmern. Anschließend sollte sie gemeinsam mit ihm Estelle befreien und etwas pflegen.

"Ihr beiden dürft lesbische Spielchen treiben. Euch ist jeweils genau ein Orgasmus gestattet. Wenn ihr euch anschließend um Estelle kümmert, achtet darauf, dass sie nicht kommt. Sie hat sich heute noch keine Befriedigung verdient" meinte Phillip und fuhr fort: "Kettet sie dann an die Wand dort hinten - mit dem Kopf am Boden." Dann wandte er sich Caro zu.

Als er vor der verschnürten, blinden und stummen Caro stand, versank er in Schweigen. Phillip legte seine rechte Hand an ihre Wange und beließ sie dort. Seine Gedanken wanderten zu ihr und er meinte zu spüren, wie sie auf ihn reagierte. Es musste für die quicklebendige Caro, die sich immer in Bewegung befand schlimm sein so unbeweglich ausharren zu müssen. Ein bisschen tat sie Phillip leid. Doch schnell schüttelte er diese Gedanken wieder ab. Es war eine Bestrafung und sollte ihr die Gelegenheit geben noch einmal tief in sich zu gehen und über sich nachzudenken. Es kam ihn der Gedanke sie einfach fort zu schicken, sollte sie sich nicht endlich fügen. Er hatte einige Neuanschaffungen.

Die Füllungen in Arsch und Fotze hatten Caro ständig auf einem hohen Erregungsniveau gehalten. Irgendwann spielte ihr überreizter Körper nicht mehr mit und sie sank in einen betäubungsähnlichen Schlaf. Sie tauchte nun aus ihrem Dämmerzustand auf. Irgendetwas hatte sie aus ihrem Dämmerzustand herausgeholt. "Da, die Fotzensummer arbeiteten nicht mehr! Aber das hatte sie nicht zu den lebenden zurückgebracht. Was dann?" Caro verspürte die Enge, in die ihr Körper gepresst war, als immer unangenehmer.

"Hatte Phillip an sie gedacht? Ihr war so als ob er in der Nähe sei. Aber das konnte auch an ihren überreizten Nerven liegen und reine Einbildung sein".

Caro sollte ihre Lektion gelernt haben. Sie war Phillip dankbar, dass er ihr Gelegenheit gegeben hatte mit sich selbst ins Reine zu kommen. Als Zita das Strafkorsett heranschleppte, beschlich sie Angst, richtige Angst! Gleichzeitig beschlich sie aber auch eine unglaubliche Erregung gepaart mit Neugier, wie es sich wohl anfühlen würde darin eingeschlossen zu sein. Sie erinnerte sich daran wie sie das erste Mal im Omeria das Leder berührt hatte. Zitternd vor Erregung und Angst konnte sie nicht widerstehen das Teil anzufassen. Die Gefühlsschauer, die sie durchtobten, wurden durch die schiere Berührung verstärkt. Damals wäre sie am liebsten sofort eingeschlossen worden.

Und heute? Eisige Furcht beschlich Caro als sie sah wie Zita das Ding anschleppte. Es hatte sich etwas in ihr verändert. Doch als Phillip ihr das erste Teil anlegte, durchtoste ein Lustschauer ungeahnten Ausmaßes ihren Körper. Caro wurde schwindlig vor Lust. Ihr Körper gierte nach weiterer, immer engerer Einschnürung. Dieses Gefühl des völligen ausgeliefert seins verursachte ihr orgasmusähnliche Wollustschauer. Caro wehrte sich nicht als sie in den Fesseln hängend immer weiter verpackt wurde. Sie begann es zu genießen. Erst als sie auf die Liege transferiert worden war, glomm erneut ein Funke Furcht in ihr auf. Selbst stramm in Ketten gebunden gab es geringe Bewegungsspielräume, aber hier in diesem Strafkorsett wurde ihr jegliche Bewegung nach und nach unmöglich gemacht. Nicht einmal die Finger- und Zehenspitzen konnte sie noch rühren. Angst und Unbehagen gewannen langsam aber sicher die Oberhand.

Als Caros letzte Bewegungsmöglichkeiten durch Phillip unterbunden worden waren stieg Panik in ihr auf. Es dauerte eine ganze Weile, bis sich die panische Verkrampfung ihres Körpers lockerte. Nur unter größter Anspannung schaffte Caro es, ihre Atmung zu kontrollieren. Brust- und Bauchatmung waren stark eingeschränkt. Ihre Lunge konnte im starren Rahmen nur nach innen fallen und sich dann wieder bis an die Gefängniswandung ausdehnen. Auf Grund der geringen Sauerstoffzufuhr wurde es Caro ganz schummerig. Als sie sich endgültig mit ihrer Lage abgefunden hatte, wurde sie ruhiger. Ihre flache Atmung reichte aus, sie mit genügend Sauerstoff zu versorgen. Nach einer weiteren, gefühlten Ewigkeit, genoss sie das Gefühl, sich ganz entspannt in die Umhüllung des Korsetts fallen lassen zu können. Als sie die Nähe ihres geliebten Herrn spürte, wurde sie ruhig und es gelang ihr sich in eine Art Trance zu versetzen.

Caro war trotz Fesselung frei! Ihr Geist ging auf Wanderschaft, ihr Hirn formte Gedanken - Wortfetzen und Gedankensplitter bildeten eine wilde Mischung. Langsam kristallisierten sich drei Begriffe aus ihrem Gedankenwirrwar heraus. "Hochmut... - Stolz... - Demut..." und immer wieder... "Hochmut... - Stolz... - Demut..."

Um diese Begriffe kreiste ihr Denken und sie fühlte sich elend als sie sich damit auseinandersetzte. Langsam dämmerte sie in ihrem Gefängnis weg und war in ihrer eigenen Welt versunken. Caro schwebte sozusagen außerhalb ihres Körpers und sah auf sich herab. Im Blick eine ganz in schwarzes, steifes Leder bewegungslos eingehüllte Gestalt. Daneben sah sie ihre gefesselten Schwestern und Zita an der Seite Phillips kniend. Schmerz durchzuckte Caro. Sie sollte es sein die...

Caro fiel es nun wie Schuppen von den Augen. Das war es: Selbstsüchtigkeit! Sie sah sich immer als den Nabel der Welt! Sie strebte danach immer im Mittelpunkt zu stehen. Caro hatte ihre Ziele bisher auch immer erreicht. Hochmütig blickte sie dann auf die anderen herab, die sie beiseitegeschoben hatte und bemerkte dabei deren verletzte Gefühle nicht. Nun wusste sie warum Phillip sie zur Sklavin gemacht hatte und was er ihr damit zeigen wollte.

Ihr Stolz, Hochmut, Starrsinn, - oder was auch immer hatte sie dazu getrieben sich vor Phillip und den Mädels zu produzieren und dass waren nun die daraus resultierenden Folgen... Trauer überkam Caro und Tränen des Selbstmitleids quollen aus ihren schönen Augen.

Dabei war sie eigentlich gerne Phillips Sklavin. Endlich hatte ihr Leben einen Sinn bekommen. Durch ihn erst hatte sie Erfüllung gefunden. Er hatte sie die Freuden des Orgasmus gelehrt. Sicher sie hatte früher auch Orgasmen gehabt und sich selbst zu welchen gefingert. Aber was sie durch ihren Meister kennen gelernt hatte war nochmal eine Steigerung.

Als Caro durch Phillips Hand wieder ins Hier und Jetzt zurückgeholt wurde, breitete sich eine wohlige Wärme und ein tiefes Gefühl von Zuneigung, gepaart mit Stolz, in ihr aus.

Phillip löste den Verschluss der Kopfhaube und entfernte sie. Obwohl Phillip für gedämpftes Licht gesorgt hatte, blinzelte Caro erschrocken in die für sie ungewohnte Helligkeit. Sie versuchte ihren Kopf von der Lichtquelle wegzudrehen, was ihr aber wegen des Halskorsetts nicht gelang. Erschöpft schloss Caro wieder ihre Augen. Phillip streichelte Caros Gesicht und flüsterte ihr Liebesworte zu. Zart küsste er sie auf ihre Lippen. Jedes weitere, freigelegte Körperteil wurde von ihm liebkost und gestreichelt. Während Phillip seine Caro langsam aus der Strafkorsettierung befreite, bemerkte er die Bemühungen Zitas und Franziskas um Estelle. Beide bemühten sich den großen schweren Körper der erschöpften Mietsklavin empor zu wuchten.

Phillip winkte Zita zu sich und bedeutete ihr Estelle mit einem Trank aus Sakuras Herstellung zu kräftigen. Dann widmete er sich wieder der Befreiung Caros. Aus den Augenwinkeln bekam Phillip die erfolgreiche Wirkung von Sakuras Zaubertrank mit. Und wieder fühlte er sich an den Druiden Miraculix erinnert. Zita und Franziska führten unter Phillips wachsamen Augen Estelle ins Bad um sie dort zu reinigen. Unterdessen pellte Phillip Caro aus dem Strafkorsett. Wie bei einer Zwiebel schälte er Schicht um Schicht von ihrer Umhüllung bis er endlich an der harten Korsettschale angelangt war.

Dann begann Phillip Caros freigelegte Körperpartien zu massieren um ihnen die Steifheit zu nehmen. Unterdessen hatten Zita und Franziska ihren Schützling vor die Wand gekettet. Phillip beobachtete Zita wie sie die Anordnung der Ringe studierte um schließlich mit dem Kopf zu nicken und Estelle niederzwang.

Diese musste sich mit gespreizten Knien, Gesicht zur Wand, niederlassen. Zita kettete ihre Füße und Knie an die Bodenringe. Estelles Hände fesselte Zita an das Halsband, ließ ihnen aber ein wenig Spielraum. Dann drückte Franziska Estelles Oberkörper runter bis ihr Kopf seitlich auf dem Boden lag und Zita befestigte ihr Halsband eng am Bodenring. Estelle konnte ihren Kopf nicht mehr richtig bewegen. Ihr Arsch reckte sich einladend in die Höhe. Estelle gelang ihr nur noch ihre Hände ein wenig unter ihre Wange zu schieben um sich so ein wenig Erleichterung zu verschaffen. Dann huschten beide Sklavinnen an Phillips Seite, wobei Franziska ein wenig hinter Zita zurückblieb.

Phillip hatte die Manöver seiner beiden Neuerwerbungen interessiert beobachtet, ohne jedoch seine Tätigkeit an Caro zu unterbrechen. Innerlich schmunzelnd überlegte er ob Franziska aus Schüchternheit zurückblieb oder ob sie der erfahreneren Zita bewusst die Führung überließ. Gut zu verstehen schienen sie sich ja. Nun war er soweit, dass er Caro wieder ins Gestell hängen musste um ihr Strafkorsett zu lösen. Phillip befahl den beiden knienden Dienerinnen ihm zu helfen und die Manschetten an den Säulen zu befestigen, während er die immer noch geschwächte Caro stützte.

Dann befahl er Zita ihrer Herrin etwas von Sakuras Zaubertrank zu geben, während er selbst Caro weiter aus der strengen Korsettierung befreite. Franziska kniete weiter auf ihrem Platz und beobachtete alles genau. Auf seinen Wink eilten Zita und Franziska zu

Phillip und nahmen das schwere Strafkorsett in Empfang und brachten es zum Reinigen in einen Nebenraum. Phillip streichelte und knetete Caro während er leise mit ihr sprach und sie für ihre Demut und Tapferkeit lobte. Caro erblühte förmlich unter dem Eindruck von Phillips zärtlichen Lobpreisungen verbaler und nonverbaler Art.

Phillip wurde aus seiner Tätigkeit herausgerissen. Auf der Kontrollkonsole erschien ein Hinweis, dass Jan mit wichtigen Nachrichten zurück war. Die Störung passte ihm überhaupt nicht ins Konzept. Andererseits musste Jans Nachricht wichtig sein, sonst hätte er sich nicht auf diese Art angemeldet. Er entschloss sich gleich mit Jan zu sprechen und gab Caro entsprechende Anweisungen. Er befreite Caro von ihren Fesselmanschetten und trug sie zum Bett. Zärtlich verabschiedete er sich von seiner geliebten Caro mit einem letzten Kuss. Eilig verließ Phillip den Raum.

Phillip rief Zita und Franziska zu sich. Er befahl ihnen sich um Caro, ihre Herrin, zu kümmern und ihren Anweisungen Folge zu leisten. Caro ließ sich erst noch ein wenig von ihren Dienerinnen verwöhnen bevor sie sich unter die Dusche begab um sich von den heißen Wasserstrahlen verwöhnen zu lassen. Zu gerne hätte sie sich von Zita und Franziska in höhere Sphären der Lust katapultieren lassen, aber die Vorgaben Phillips waren eindeutig und ließen leider keinen Spielraum zu. So unterstützten die beiden Caro bei ihrer Intimrasur hingebungsvoll und zärtlich. Als sie Caro abgetrocknet hatten, schnürten sie Caro in ihr Korsett. Dann befahl Caro ihnen Estelle zu befreien und anschließend mit ihr im Vorraum auf sie zu warten. Caro legte sich wieder ihr spezielles Halsband an, welches

Phillip ihr vor der Strafkorsettierung abgenommen hatte. Die dazu passenden Manschetten legte sich Caro ebenfalls an Hände und Füße an.

Gemäß den Anweisungen Phillips entnahm Caro für Zita und Franziska besondere Fesselmanschetten aus einem Schrank im Nebenraum. Als Caro in den Raum kam in dem ihre beiden Sklavinnenschwestern auf sie warteten, knieten diese in Wartehaltung auf kleinen Polstern vor ihr. Estelle hatte sich hinter den beiden neuen Dienerinnen Phillips in einen Kotau geworfen und harrte der Dinge die noch auf sie zukommen würden. Caro empfand es als unangemessen aus ihrer stehenden Position zu ihren Schwestern zu sprechen. Es kam ihr so vor als ob sie sich über sie erhöhen würde, so als ob sie über ihnen stünde. Deshalb suchte sie sich ebenfalls ein Polster und kniete sich vor sie.

"Unser Herr hat mir aufgetragen euch folgendes mitzuteilen: "Wenn ihr euch diese Manschetten anlegt unterwerft ihr euch Meister Winter als Sklavinnen. Ihr habt fünf Minuten Zeit euch zu entscheiden. Legt ihr euch die Fesseln an, werdet ihr nachher persönlich eure Unterwerfung Meister Winter andienen. Ansonsten werdet ihr wieder zu euren Wohnungen gebracht. Soweit alles verstanden, Franziska und Zita?"

"Ja Herrin alles klar" antworteten die beiden wie aus einem Munde und legten sich die Manschetten an. Dann sanken sie in ihre Wartehaltung zurück.

Estelle hatte das Gespräch aufmerksam verfolgt und beneidete die beiden Sklavinnen um ihr Glück. Sie hätte auch gerne einen tollen Herrn wie Meister Winter, aber der würde sie wohl nicht gebrauchen können.

Schade dachte sie sich wehmütig und seufzte leise auf.

Caro bemerkte die innere Unruhe und Anspannung Estelles. Obwohl ihr Phillip keine Weisungen bezüglich Estelles gegeben hatte, fühlte sie sich bemüßigt das Wort an Estelle zu richten. Caro hatte das Gefühl, dass sie in Übereinstimmung mit ihrem Meister handelte.

"Estelle" begann Caro, "richte dich auf, nimm dir das Polster dort und knie dich in derselben Haltung wie sie, zu ihnen. Du wirst dich nachher bei unserem Herrn noch einmal für deine Fehler entschuldigen und ihm für seine gerechte Bestrafung danken und für die Geduld mit der er dich auf dein Fehlverhalten aufmerksam gemacht hat."

"Jawohl Hochgeborene, ich danke euch für die Güte mir dies noch einmal bewusst gemacht zu haben" erwiderte Estelle.

Zita und Franziska wunderten sich über die Anrede Caros durch Estelle. Kannten sie doch nicht die Vorgeschichte, wie es dazu gekommen war.

"Es ist gut Estelle, das Spiel ist vorbei. Wir sind Schwestern und dienen unserem Herrn. Es reicht, wenn ihr alle mich mit Madame oder Madame Caro bei offiziellen Anlässen anredet, ansonsten solange unser Meister nichts Anderes bestimmt, genügt Caro oder Schwester. Allerdings solltet ihr auch sonst nicht den mir zustehenden Respekt vermissen lassen. So Mädels, nehmt euch die dort liegende Kleidung und zieht euch an. In fünf Minuten ist Abmarsch"

Dabei wies sie auf einen Ständer an denen drei Tuniken hingen. Zita erhielt eine sandfarbebene und für Franziska gab es eine ockerfarbene, passend zu den Farben ihrer Manschetten. Estelle bekam ihre Tunika in neutralem weiß zu schwarzen Manschetten. Caro selbst nahm sich ein auf ihren Körper geschnittenes Satinkleid in einem zarten Maigrün, das wunderbar zu ihrem haselnussbraunen Haar kontrastierte. Als das zarte Gespinst über Caros Brüste glitt und ihre Knospen zum Erblühen brachte, stöhnte diese lustvoll auf.

Ihre Schwestern bemerkten natürlich die lüsterne Äußerung und bedauerten sie doch ein wenig, weil sie wohl auf hohem Niveau von Phillip hängen gelassen worden war. Da war jede Reibung des erotisierenden Stoffes eine Stimulation erster Güte.

Als Caro sah, wie ihre harten Nippel den hauchzarten Stoff ausbeulten, überzog eine leichte Röte ihr Gesicht. Es war ihr trotz allem immer noch ein wenig peinlich, wenn ihre Geilheit so deutlich sichtbar wurde. Franziska und Zita wunderten sich ein wenig über Caros Reaktion. Hatten sie doch geglaubt, dass sie eine abgebrühte Sklavenschlampe sei, der nichts mehr fremd ist und die keinerlei Schamgefühl mehr besitzt.

Estelle dagegen, welche das Ganze stumm aber aufmerksam beobachtet hatte, beneidete und bewunderte Caro für ihr immer noch vorhandenes Schamgefühl. Sie selbst glaubte von sich inzwischen so abgebrüht zu sein, dass ihr nichts mehr peinlich sei. Sie bedauerte, dass sie immer noch keine passende Herrschaft für sich gefunden hatte. Obwohl sie sich bei Meister Winter nicht sicher war. Estelle konnte sich gut vorstellen ihm zu dienen. Sie glaubte, dass er ihre zwei Seiten akzeptieren und beherrschen könnte. Caro beschloss sich dem Reiz hinzugeben und ihn zu akzeptieren. Die Röte ihres Gesichtes verschwand langsam wieder und machte dem gequälten Ausdruck unterdrückter Lust Platz.

Das zarte Gewebe umschmeichelte ihren Körper und glitt lustvoll streichelnd bei jeder Bewegung über ihre Haut. Caro begann dieses Gefühl zu genießen und akzeptierte es als wundervolle Bereicherung ihres Tages. Sie betrachtete sich im Spiegel und bewunderte sich darin. Das zarte Gewebe klebte an ihrem Körper und modellierte jede Einzelheit. Sie sah eine schöne, junge Frau mit einem Körper von dem die Männer träumten:

Üppige Brüste, schmale Taille und ausladende Hüften, die ein gebärfreudiges Becken signalisierten. Ihre Brüste wurden vom Korsett zusammen und nach oben gepresst. Dadurch standen sie steil und aggressiv von ihrem Körper ab. Ihre harten Brustwarzen standen wie Wachtürme auf ihren Wonnehügeln und drohten das feine Seidengewebe zu durchstoßen. Das kurze Kleid reichte gerade eben über ihre Arschbäckchen und schmiegte sich in die falte zwischen Schenkel und Po-Ansatz. Wenn sie sich bücken würde, könnte man ihre rasierte Möse und ihre zuckende Rosette sehen. Vorne schmiegte sich der glänzende Stoff an ihre Möse und bildete die geschwollenen, wulstigen äußeren Scham-lippen ab.

Caro war sich bewusst, dass sie äußerst provokativ ge-kleidet war. Schnell schlüpfte sie in die passenden High Heels und drehte sich noch einmal vor dem Spiegel. Durch die Schuhe wurde ihre Figur noch ein wenig mehr gestreckt und sie wirkte in ihrer ganzen Erschei-nung noch erregender. Ihre ganze Erscheinung schien ihrem Gegenüber zuzurufen: Komm, nimm mich! Alles deins...! Die drei wartenden Sklavinnen rissen ihre Augen auf, als sie Caro in ihrem provozierend sexy Kleid sahen. Am liebsten wären sie über Caro hergefallen und hätten sie wollüstig vernascht. Aber ihre Ausbildung ließ zumindest Zita und Estelle äußerlich gelassen reagieren. Franziska hingegen jappste erstaunt auf und konnte sich nicht beherrschen.

Sie rief: "Geil siehst du aus! Direkt zum vernaschen". Das brachte ihr von ihren Sklavenschwestern strenge Blicke und von Caro eine saftige Maulschelle ein. Dann wurde sie von Caro noch einmal zurechtgewiesen und auf richtiges Verhalten aufmerksam gemacht.

Demütig bat Franziska um Verzeihung und Bestrafung ihres Fehlers. Beides wurde von Caro großzügig gewährt. Caro kündigte die Bestrafung Franziskas für später an, wenn sie wieder im Haus wären. Sie holte für jede Sklavin eine Augenmaske hervor, die diese selbst anlegen mussten. Caro kontrollierte den richtigen Sitz der Masken. Dann fesselte sie ihnen die Hände auf dem Rücken zusammen, verband ihre Halsbänder miteinander und führte sie zum Wagen. Nachdem Caro ihre Passagiere in den Sitzen festgeschnallt hatte, schloss sie die Tür, klemmte sich hinter das Steuer und startete eine halbstündige Rundfahrt durch Sande.

Nachdem sie den Transporter in der Garage geparkt hatte, befreite sie ihre Mitfahrerinnen und nahm ihnen die Masken ab. Dann führte Caro sie durch den Rheumagang ins Haus. Während Caro mit ihren Mädels beschäftigt war eilte Phillip zu einem getarnten Aufzug, welcher ihn genau in die Bibliothek entließ. Dort wartete bereits Jan auf ihn. Er erhob sich von seinem Sessel als Phillip eintrat. Er wartete bis Phillip sich an seinen Platz gesetzt hatte bevor er das Wort ergriff. Umständlich räusperte er sich um endlich in seiner gewohnt geschraubten Redeweise anzufangen:

"Aarchhmm, ja also wie sie wissen Herr Winter habe ich Nachforschungen angestellt. Nicht nur bezüglich der... ähemm... "Weibernacht". Sondern auch und gerade wegen Nora Wieland der Rädelsführerin der Vorfälle im Bambi. Bitte gestatten sie mir, dass ich etwas weiter aushole..."

"Mein Gott Jan!" unterbrach ihn Phillip "Bitte nicht so kompliziert. Wir sind Freunde und Partner also nun bitte in kurzen klaren Sätzen... und das ist ein Befehl" ergänzte Phillip, Jans Schwäche ihm Gegenüber ausnutzend.

Nun erzählte Jan kurz und knapp die Ergebnisse seiner Untersuchung:

"Nora war professionelle Industriespionin und war auf dich angesetzt. Das wichtigste zuerst: Sie konnte keine wichtigen Informationen erlangen. Wie du weißt gab es Versuche sich in unser System zu hacken. Also suchten wir nach dem Eindringling. Wir hatten ihm den Weg geöffnet und konnten ihn einkreisen. Drei Adressen wurden Firmenseitig benutzt. Eine davon war Noras, die zweite gehörte Caro und die dritte war Frank Rengers PC. Eine geschickte Auswahl wie du zugeben musst Phillip. Durch unsere Manipulation konnten wir das Leck lokalisieren.

Es war Nora Wieland. Sie benutzte Caros und Rengers Adresse zum Versenden der Informationen. Die fristlose Kündigung Rengers und Caros Demonstration haben sie in Panik versetzt. Deshalb beschloss sie spontan Caro als deine Vertraute auszuhorchen, notfalls unter zu Hilfenahme von Drogen."

Jan machte eine Pause, füllte sich ein Glas Wasser ein und leerte es in einem Zug. Phillip tat es ihm gleich. Nachdem beide Männer ihre Gläser abgesetzt hatten, fragte Phillip, weil er die Videos noch nicht gesehen hatte besorgt nach: "Und was geschah auf dem Mädelsabend im Bambi?"

"Ruhig Blut" meinte Jan, der nur mit Mühe ein kleines Grinsen unterdrücken konnte, weil er Phillips Sorge um Caro hinter dessen kühler Maske erkannte. Jan setzte seinen Bericht fort:

"Caro war Noras Schlüssel zu den gewünschten Informationen. In jahrelanger Kleinarbeit war es Nora nicht gelungen den Firmencode zu knacken. Sie musste sich sputen um den ihr gesetzten Termin einzuhalten. Kurz und gut - Nora nutzte die Gelegenheit und schüttete KO-Tropfen in Caros Getränk. Dann holte sie sich ihren Helfer. Als der erfuhr was Nora mit Caro vorhatte und dass Caro deine Sklavin ist, kniff der wortwörtlich den Schwanz ein und sagte dass er sich nicht mit dir anlegen wolle. Das hätte schon mal jemand aus der Szene versucht und dabei Schiffbruch erlitten."

Hier machte Jan eine Pause und fragte Phillip: "Sag mal, ist da was dran an den Gerüchten, dass du einen Mann fertiggemacht hast, der sich an einer Sklavin vergangen hat, die unter deinem Schutz stand?"

"Ach weißt du Jan" schmunzelte Phillip "manchmal ist

es besser nicht alles zu Wissen. Die Ungewissheit kann das Eine oder andere Mal sehr viel nützlicher sein als die pure Wahrheit."

Jan der sein gegenüber genau beobachtet hatte, entging nicht die kurzzeitige Verhärtung im Gesichtsausdruck Phillips. Er zog seine eigenen Schlüsse daraus.

Doch nun berichtete Jan weiter: "Nun muss ich leider gestehen" fiel Jan in seine gewohnte Rolle zurück "dass meinem Mann, den ich zum Schutze ihrer Lieblingsfrau abgeordnet hatte, ein unverzeihliches Missgeschick unterlief. Er beteiligte sich an einem Verkehrsunfall und konnte so nicht rechtzeitig eingreifen. Doch besaß er immerhin noch die Geistesgegenwart einen Kollegen zum Bambi zu beordern. Wie die von mir zusätzlich angeordneten zusätzlichen Überwachungsinstrumente beweisen, zeigt sich, dass Noras Helfer lediglich auf die Kleidung ihrer Lieblingsfrau gepisst und onaniert hatte. Allerdings erst nachdem ihn Nora mehrmals dazu aufgefordert hatte. Dann ging der junge Mann, nicht ohne noch einmal dringlich darauf hinzuweisen, die Finger von Caro zu lassen. Wutentbrannt rief sie daraufhin ein paar ihrer Rockerfreunde zu Hilfe. Allerdings dauerte es seine Zeit, bis Noras Hilfstruppen vor Ort eintrafen und..."

"Herrgott noch mal, Jan! Erspare mir dein Geschwafel. Rede bitte kurz und knapp!" unterbrach in Phillip, der nun nachträglich doch noch in Sorge um seine geliebte Caro geriet. Was war da nun genau abgelaufen? Diese Frage brannte tief im Inneren Phillips. Jan amüsierte sich köstlich über Phillip, blieb aber nach außen kühl und gelassen als er weiter berichtete: "Gemach, gemach" schürte Jan Phillips Ungeduld. "Sauer auf ihren Exfreund, der sie soeben verlassen hatte, suchte sich Nora die dicksten Kunstpimmel und rammte sie ohne Gnade in Caros Löcher und stieß sie hämmernd rein und raus. Als ihr die Arme müde wurden, legte sich Nora einen Strap-On mit Doppelpimmel um. Dann rammte sie sich erneut rücksichtslos in Caros Löcher."

Hier unterbrach sich Jan, trank einen Schluck Tee und schilderte den weiteren Verlauf der Dinge:

"Lärmend fielen fünf Rocker mit einer Braut ein und grölten nach der Fotze die sie durchziehen sollten.

"Hallo Nora, du alte Sau, was haste denn vor?"

"Los nehmt dieses Miststück richtig ran. Stopft ihre Löcher bis sie wundgefickt sind. Ich will, dass diese Nutte vor Schmerzen nicht mehr Laufen kann" kam es hasserfüllt von ihr.

Laut grölend fielen die fünf über die stöhnende Caro her. Sie holten ihre Schwänze aus den Hosen und begannen Caro hemmungslos zu benutzen. Die Rockerbraut schob ihren Ledermini hoch und präsentierte Caro ihre stinkende Fotze. Dann setzte sie sich auf Caros Gesicht. Sie musste zwangsläufig die Schlampe säubern. Einer spritzte in ihr ab, die anderen entluden sich über ihrem Körper. In der zweiten Runde wurden ihr Mund und ihr Darm abgefüllt. Ständig spritzte ihr irgendeiner, der nicht in ihren Löchern arbeitete seinen Saft über ihren Körper. Dann rammelte die Rockerschlampe Caro noch mit einem Strap-On durch. Zum Schluss pissten alle noch einmal ausgiebig über Caro und ihre Kleidung."

Phillip wirkte gebrochen. Jan wartete einen Moment um dann weiter zu berichten:

"Mein Mann sah keine Chance gegen die fünf Rocker und Nora anzukommen. Deshalb hatte er schnellste Hilfe angefordert. Als ein Kollege da war, stürmten sie den Raum und überwältigten alle. Nora wehrte sich wie eine Raubkatze und versuchte zu fliehen, was ihr jedoch misslang. Mein erster Mann kümmerte sich erst einmal um Caro bis Sakura eintraf, während der zweite sich um die Gefangenen kümmerte. Als Sakura eintraf und sah was man Caro angetan hatte, drehte sie fast durch. Matthias, mein erster Mitarbeiter konnte sie nur mühsam bändigen, damit sie sich nicht auf die Rädelsführerin stürzte."

Jan seufzte und versank in Gedanken. Ein räuspern Phillips brachte ihn wieder zurück in die Spur.

"Nun ja, das gab mir die Idee wie Nora zu verhören sei. Aber dazu später. Sakura und Matthias brachten Caro in die Stadtwohnung. Meine erste Sklavin kümmerte sich um Caro. Sie reinigte und pflegte sie. Leider konnte sie nicht viel machen, da die Droge Noras noch zu stark wirkte. Ich gab Anweisung Caro in der Wohnung zu lassen. Sie sollte einen kleinen Denkzettel bekommen. Lucille hat in der Nebenwohnung unbemerkt Wache gehalten. Kurt, mein zweiter Mann vor Ort schaffte die Gefangenen zu mir nach Sande. Ich kümmerte mich um die fünf Rocker und Sakura übernahm das Verhör Noras. Frag mich nicht wie aber nach zwei Stunden wusste sie alles von Nora. Die Rocker waren nur Erfüllungsgehilfen, die von nichts wussten. Endlich mal wieder ein Stück Fickfleisch fertigmachen, war alles was sie wissen mussten um loszulegen. Nun, ich habe sie für eine Woche Madame Ademina, zum Spielen zur Verfügung gestellt. Ich glaube sie werden in Zukunft brav wie Schoßhündchen sein."

Phillip musste grinsen wie ein Honigkuchenpferd, als er sich die Rocker als Schoßhündchen der gefürchteten Domina vorstellte. Aber er empfand kein Mitleid mit ihnen. Sollten sie doch auch einmal am eigenen Leib erleben wie es ist gegen den eigenen Willen sexuell missbraucht zu werden.

Jan ordnete noch einmal seine Gedanken: "Nora habe ich zunächst meinen Frauen überlassen. Ich denke Nora wird sich gewünscht haben nie etwas mit Caro angefangen zu haben. Wie dem auch sei, ich habe ihr ein Angebot gemacht, das sie nicht ablehnen konnte. Wir werden sehr lange nichts von ihr hören. Sie befindet sich auf dem Weg zur Ausbildung in Japan."

Phillip erhob sich und umarmte Jan: "Danke. Du bist ein wahrer Freund."

Beide umarmten sich noch einmal, klopften sich auf den Rücken und sahen sich in die Augen. Sie sahen absolutes Vertrauen in den Augen des anderen. Noch einmal umarmten sie sich und trennten sich dann.

"Nun, du möchtest gerne wissen wer Noras Auftraggeber war. Nicht wahr?"

"Dämliche Frage. Spann mich nicht so auf die Folter Kerl. Spuck's endlich aus..."

"Du hast tatsächlich keine Ahnung? Keinerlei Verdacht...?" Jan versuchte Phillip auf die Sprünge zu helfen. Doch Phillip schüttelte nur resignierend seinen Kopf.

"Nun, dann sperr deine Lauscher auf. Es handelt sich um Xaver Moisla..."

"Was, das elende Schwein von damals? Naja, so elend nun auch wieder nicht. Schließlich verdanken wir ihm unsere Freundschaft."

Phillip war fassungslos und sackte in seinen Sessel zurück.

"Ja, und das Beste daran ist, er hat keine Ahnung davon, dass ich ihn identifiziert habe."

"Wie hast du das denn wieder hingekriegt Jan?"

"Wie du ja weißt hatte Nora einen Auftraggeber. Er hat sie zwar Anonym beauftragt, aber es ist mir trotzdem gelungen ihn zu enttarnen. Und der Rest war dann ein Kinderspiel."

"Wieso?" fragte verdutzt Phillip seinen Vertrauten.

"Ich habe Tilda auf ihn angesetzt..."

"Aber die ist doch Schwanger" unterbrach ihn Phillip heftig.

"Aber gerade deswegen. Wenn solche Weiber mit ihren Titten wackeln und sich brünstig präsentieren, rutscht den Kerlen doch sowieso das Hirn in den Schwanz. Du weißt doch selbst, kaum ein aufgegeilter Hengst lässt sich die Gelegenheit entgehen eine schwangere Stute gefahrlos zu ficken. Wenn die dann mit entsprechender Vorsicht die richtigen Anstöße geben, plaudert so ein Typ doch alles aus."

"Donnerwetter Jan, da hast du aber einen dicken Stein bei mir im Brett. Und du bist sicher, dass du alles genauestens überprüft und nicht ausgelassen hast? Ist ja eigentlich selbstverständlich bei dir. Trotzdem prüf das alles noch mal unter einem anderen Gesichtspunkt, bevor wir loslegen. Dem Typen werden wir jetzt endgültig das Handwerk legen"

"Ich hatte gehofft, du würdest so reagieren" entgegnete Jan und gab Phillip einen USB-Stick. "Prüf das alles und dann sprechen wir darüber wie wir weiter verfahren wollen."

"In Ordnung, mach ich." Phillip schob den USB-Stick in den dafür vorgesehenen Port und begann sich auf den Bildschirm zu konzentrieren.

Phillip hob seinen Kopf und sah Jan fest an… Dann ergriff er das Wort: "Caros Ausbildung ist noch nicht beendet. Da sie sich nicht genügend abgesichert hatte, hat sie uns zusätzliche Anstrengungen gekostet. Das gehört bestraft. Übernimm du das bitte. Aber sie muss heute Nachmittag gegen fünf wieder fit und einsatzbereit sein. Ich schicke sie nachher zu dir rüber." Mit diesen Worten entließ er Jan.

Mit der Antwort: "Verlass dich auf mich" verließ ein strahlender Jan die Bibliothek. Er hatte sich schon immer, seit er Caro als Phillips Sklavin kannte, gewünscht sie einmal zu bestrafen. Nun wurde ihm sein Wunsch von Phillip erfüllt. Auf dem Weg in sein Haus überlegte

er wie er Caro bestrafen sollte. Dann erhellte sich seine
Mine und ein schmales Lächeln umspielte seine Lippen.

Kapitel 18

ERWEITERUNG DES HOFSTAATS

Inzwischen hatte Caro mit ihrer Fracht das Haus wieder erreicht. Sie parkte den Transporter in der großen Garage und befreite ihre Passagiere. Nachdem sie ihnen die Augenbinden abgenommen hatte, lotste sie die Gruppe ins Haus. Phillips Anweisungen waren sehr präzise und Caro führte sie aufs Genaueste aus. Im Haus angekommen, zog sie ihr Satinkleid sofort aus und hängte es in den dafür vorgesehen Schrank. Ihre drei Begleiterinnen mussten ihre Tuniken ebenfalls ablegen und in den Schrank hängen. Caro nahm Zita und Franziska ihre Halsbänder ab. Sodann führte sie Phillips neue Dienerinnen und Estelle in die Bibliothek, wo Phillip bereits auf sie wartete. Caro knickste als sie eintrat und meldete ihrem Herrn die Ankömmlinge. Sie befahl den Dreien ihre Plätze wie angeordnet einzunehmen.

"Herr, die beiden Sklavinnen sind gekommen um sich dir zu unterwerfen. Das dritte Subjekt ist gekommen um deine Verzeihung zu erflehen." Bei dieser Bezeichnung für sie zuckte Estelle unmerklich aber tief getroffen zusammen.

Dann kniete Caro sich an Phillips rechter Seite nieder und harrte der Dinge die da kommen sollten. Während Caros Rede nahmen Franziska und Zita die Warteposition ein. Estelle warf sich in einen Kotau. Phillip dankte seiner Ersten Sklavin und betrachtete die vor ihm kauernden Frauen abschätzend. Alle drei begannen unter seinem strengen Blick unruhig zu werden. Zita und Estelle konnten sich beherrschen, während Franziska versuchte sich unauffällig zurechtzurücken. Ein scharfes Räuspern Phillips ließ die vier Frauen erstarren.

"Nun?" lautete seine Frage und wartete geduldig weiter. Zita löste sich als erste aus ihrer Erstarrung und fing an.

"Herr, diese Sklavin wirft sich dir zu Füssen und bittet dich, sie als dein Eigentum anzunehmen.

"Du hast mich gebeten dein Meister zu werden und nun frage ich dich Zita, willst du dich in meine Obhut begeben, willst du mein Halsband tragen und meine Sklavin sein? Willst du mir dein Vertrauen, deine Sicherheit und dein Wohlbefinden in meine Hände legen, willst du mein sein, und nur mein allein, von jetzt an und für alle Zeiten? Du wirst mir gehorchen, alle meine Befehle und Anweisungen widerspruchslos ausführen wie es mir beliebt. Ich werde dich Belohnen und Strafen nach eigenem Gutdünken."

Zu Phillip aufblickend antwortete sie strahlend:

"Ihr ehrt mich Herr. Ich würde mich freuen euer Halsband zu tragen und euer Eigentum, eure Sklavin zu sein. Ich danke euch, dass ihr mich nehmen wollt." Dann bewegte sie sich auf ihren Knien vorwärts und legte ihren Kopf auf seine Füße. "Ich gehöre euch Meister Winter, ganz und gar mit Körper, Geist und Seele, für immer und ewig!"

"Dann soll es so sein. Ich nehme dein Geschenk an. Ich werde dir ein strenger aber gerechter Herr sein."

Caro reichte ihrem Meister das dunkelbraune Halsband, dass sie vorher Zita abgenommen hatte. Dann nahm sie Zitas Haare und hielt sie vom Hals weg, damit Phillip ungehindert das schwarzbraune Halsband in Zitas Nacken schließen konnte. Die Prozedur wiederholte sich mit Franziska in der Hauptrolle. Sie war zwar nicht so sicher in ihrer Rede wie Zita, aber das tat ihrer Hingabe keinen Abbruch. Phillip legte ihr ein steingraues Halsband um, welches gut mit dem Rotstich der ockerfarbenen Tunika harmonierte. Er fand, dass Caro bei beiden Dienerinnen einen stilsicheren Geschmack bewiesen hatte.

Nachdem beide Sklavinnen wieder ihre Plätze eingenommen hatten, wandte Phillip seine Aufmerksamkeit Estelle zu. Als gut ausgebildete Sklavin spürte sie den Blick ihres Herrn und richtete sich auf. Phillip in die Augen sehend, denn sie kannte seine Gewohnheiten von früheren Diensten bei ihm, fing sie an:

"Mei..." hier stockte sie, räusperte sich und begann noch einmal von vorn: "Herr, ich habe geglaubt bestimmen zu können wie ein Meister mich zu behandeln hat. Das war dumm und anmaßend von mir. Dafür musste ich bestraft werden. Herr ich danke euch dafür, dass ihr mir meine Schwächen aufgezeigt und korrektes Verhalten aufgezeigt habt. Ich danke euch für meine Bestrafung und versichere euch, dass ich mich in Zukunft, solltet ihr mich noch einmal in euren Dienst nehmen wollen, stets in den mir gesteckten Grenzen bewegen werde. Ich danke euch nochmals für eure Güte und Geduld mit der ihr mich belehrt habt."

"Ich hoffe, dass du in Zukunft deinen Herrschaften von vornherein den ihnen zustehenden Respekt bezeugst. Ob ich dich noch einmal in Anspruch nehmen werde, wird die Zukunft zeigen. Du wirst noch mit uns gemeinsam Frühstücken. Caro wird dir anschließend ein Taxi besorgen, dass dich nach Hause bringt."

Mit seinen Schlussworten sank Estelle in die Demutshaltung und wartete darauf, dass Phillip ihr Gehör schenken würde. Caro und Zita waren ob der Ungeheuerlichkeit Estelles erschrocken. Franziska wunderte sich nur über die plötzliche Kälte im Raum, die durch die Handlung Estelles entstanden war. Estelle war von Phillip entlassen worden und wagte es trotzdem noch einmal seine Aufmerksamkeit auf sich zu lenken.

Nachdenklich sah Phillip auf die Kniende herab. Es gehörte schon Mut zu dieser Handlungsweise. Andererseits musste es etwas für die Sklavin sehr Wichtiges sein, dass sie es wagte sich erneut den Unmut ihrer Herrschaft zuzuziehen. Phillip zögerte, holte dann tief Luft und befahl mit harter Stimme:

"Sklavin, ich gewähre dir die Gunst der freien Rede. Sollte dein Anliegen nach meinem Dafürhalten nicht wichtig sein, wirst du dir wünschen diese Tollkühnheit nie begangen zu haben! Was ist dein Begehren? Sprich!"

Estelle blieb diesmal gebeugten Haltung und begann zu sprechen:

"Herr, ..." Sie hatte sich alles was sie sagen wollte so schön zurechtgelegt und nun war alles weg... "Ich... ich... bitte vielmals um Verzeihung, ihr wisst, dass ich etwas anders bin als die anderen." Langsam kam Estelle wieder in Fahrt. "Aber eure Strafaktion hat mir gezeigt, dass ihr der Meister seid, nachdem ich schon so lange gesucht habe. Bisher hatte es kein Dom und keine Domina für nötig befunden meine beiden Hälften zu betrachten. Ihr habt mich mit Härte und Einfühlungsvermögen gezüchtigt. Meine beiden Seelen wurden im Schmerz vereint. Durch ihre Behandlung weiß ich, dass das Leben es Wert ist gelebt zu werden" wurde sie pathetisch um dann sofort ihre Bitte nachzuschieben. "Herr, diese Sklavin wirft sich ihnen zu Füßen und fleht euch an, diese Sklavin als ihr Eigentum anzunehmen."

Staunend und ungläubig hatten die drei Sklavinnen Phillips und er selbst die Worte Estelles zur Kenntnis genommen. Das mussten alle erst einmal verdauen!

Estelle lag in der Demutshaltung vor Phillip und hatte sich erklärt. Sie wollte seine Sklavin werden und sich ihm unterwerfen. Wie sollte Phillip auf das Angebot Estelles reagieren? Seine Gedanken rasten. Wie sollte er mit ihr umgehen? Sie als Frau oder ihn als Mann behandeln? Für den Umgang mit Hermaphroditen gab es leider keine Gebrauchsanweisung. Immerhin, dachte Phillip, im Allgemeinen fühlt sie sich als Frau und benimmt sich auch so.

Was sollte er bloß mit Estelle anfangen? Hier im Hause war sie schlecht zu integrieren. Der männliche Teil Estelles würde seine Grazien durcheinanderbringen. Er konnte sie doch deswegen nicht verstümmeln und ihr den Pimmel wegmachen lassen. Weg! Das war das Stichwort. Er brauchte doch noch einen Hausmeister in Paderborn! Jaaahhh, das war es. Er würde Estelle den Posten eines Hausmeisters oder besser als Concierge anbieten. So könnte sie ihm dienen und gleichzeitig die in den Wohnungen zeitweilig oder dauernd lebenden

Sklavinnen beaufsichtigen. Das würde Estelles wechselnden Rollen von Dominanz und Submission am ehesten entsprechen und er hätte sie unter seiner Kontrolle.

Wenn er sie wegschickte würde Estelle schwer von ihm enttäuscht sein. Zwar würde sie darüber hinwegkommen, aber andrerseits würde er sich ihre Feindschaft zuziehen. Und eine hassende Frau ist das schlimmste was einem passieren kann dachte Phillip. So oder so, er befand sich in einer schwierigen Lage in die ihn Estelle gebracht hatte.

Caro sah wie Phillip zweifelnd sein Haupt wiegte. Er ließ sich noch einmal alle Vorteile und Nachteile durch den Kopf gehen. Während sie ihren Meister beobachtete erinnerte sie sich noch einmal an ihre Erlebnisse mit Estelle. Ihr weiblicher Instinkt ließ sie eine Entscheidung treffen. Sie schaute Phillip fest an und der spürte ihren Blick. Als sie sich in die Augen sahen, war die Entscheidung gefallen. Phillip nickte Caro zu, räusperte sich und sah sich noch einmal die vor ihm kauernde Sklavin an. Die Ungewissheit über ihr weiteres Schicksal ließ Estelle innerlich erbeben.

"Du hast mich gebeten dein Meister zu werden und nun frage ich dich Estelle, willst du dich in meine Obhut begeben? Willst du mein Halsband tragen und meine Sklavin sein? Willst du mir dein Vertrauen, deine Sicherheit und dein Wohlbefinden in meine Hände legen? Willst du mein sein, und nur mein allein, von jetzt an und für alle Zeiten? Du wirst mir gehorchen, alle meine Befehle und Anweisungen widerspruchslos ausführen wie es mir beliebt. Ich werde dich belohnen und bestrafen nach eigenem Gutdünken."

Die Antwort Phillips löste die Anspannung in Estelle und wandelte diese in eine Flut von Tränen der Erleichterung. Unter dem Strom ihrer Freudentränen brachte sie immer wieder von Schluchzern unterbrochen hervor: "Ihr ehrt mich Herr. Ich würde mich freuen euer Halsband zu tragen und euer Eigentum, eure Sklavin zu sein. Ich danke euch, dass ihr mich nehmen wollt."

Dann kroch sie noch tränenblind auf ihren Knien vorwärts und legte ihr verweintes Gesicht auf seine Füße. "Ich gehöre euch Meister, ganz und gar mit Körper, Geist und Seele, für immer und ewig!"

"Ich nehme das Geschenk deiner Unterwerfung an. Ich werde dir ein strenger aber gerechter Meister sein. Für dein ungebührliches Verhalten von eben wirst du noch angemessen bestraft werden."

Als Phillip mit seiner Antwort fertig war, tauchte Caro wieder an seiner Seite auf und reichte ihm ein schwarzes Halsband. Zwischenzeitlich hatte sie aus einer Schublade die entsprechenden Utensilien geholt. Caro umfasste Estelles Kopf und legte den Nacken frei, sodass Phillip der neuen Sklavin das Halsband anlegen konnte. Danach hob er sie hoch, küsste ihr zart auf die Augen und beruhigte sie. Als sich Estelle wieder beruhigt hatte gab er sie in Caros Obhut und teilte ihr seine weiteren Pläne für sie mit.

Sie würde in Paderborn ihre Wohnung nehmen und nur auf Phillips Anordnung in Sande sein. Sie würde die Verwaltung des Hauses und den Posten einer Concierge übernehmen. Außerdem würde sie temporäre Herrin der dort untergebrachten Sklaven und Sklavinnen sein, sofern deren Herrschaft nicht andere Wünsche hätten. Verantwortlich wäre sie ihm und ihrer älteren Schwester Caro gegenüber, falls nicht andere Weisungen von ihm, Phillip, kämen.

Während Phillip sprach hatte sich Estelle rücklings in Caros Arme gekuschelt und wurde von ihr gestreichelt. Caros volle Brüste pressten sich an den Rücken Estelles. Durch die intime Berührung wurden ihre Nippel schon wieder hart und richteten sich auf. Fest bohrten sie sich in den Rücken der an sie geschmiegten. Caros Geilheit nahm langsam aber sicher Fahrt auf und sie begann Estelle immer intimer zu streicheln. Immer öfter und immer fester bearbeiteten Caros Finger die sich aufrichtenden Brustwarzen Estelles. Beide Sklavinnen genossen ihr Spiel und begannen in ihren Gefühlen zu versinken.

Ein scharfes "Caro" ihres Meisters ließ beide Frauen mit schuldbewussten Minen erschrocken auseinanderfahren. Auch Franziska und Zita, die das Ganze interessiert verfolgt hatten, wurden durch die Stimme ihres Herrn brutal aus ihrer träumerischen Stimmung gerissen. Sich ihres Fehlers bewusstwerdend, bat Caro traurig mit gesenktem Haupt um ihre Bestrafung. Phillip gewährte ihr diese und ließ sie durch Franziska ausführen, indem sie auf jedes Pobäckchen Caros drei Schläge mit der flachen Hand klatschte. Es tat zwar nicht sehr weh, aber die Demütigung von einer neuen, unerfahrenen Sklavin vor aller Augen gestraft zu werden, wog viel schwerer. Demütig dankte Caro ihrem Herrn für die Korrektur.

Dann, als ob es keine Unterbrechung gegeben hätte, umriss Phillip Estelles Aufgaben weiter und erklärte zum Schluss: "Du darfst dich weiterhin vermieten wie bisher, jedoch ist zu jedem Engagement meine Zustimmung nötig. Stimme deine Planung mit unseren Terminen und Pflichten ab. Alle Angelegenheiten meines Hauses haben absoluten Vorrang. Ansonsten erwarte ich von allen meinen Dienerinnen, wenn sie im Paderborner Haus logieren, das angemessene Benehmen wie es sich für alle Angehörige meines Hauses in der Öffentlichkeit geziemt. Estelle sei dir als meine Paderborner Stellvertreterin bewusst, dass du mich nach außen vertrittst. Ich erwarte also Besonderes von dir. Enttäusche mich nicht."

"Nein Herr, ich werde dich nicht enttäuschen" antwortete die Angesprochene. Estelle bewegte sich zu Phillip und legte ihren Kopf mit der Wange auf seinen Fuß und wiederholte ihr Versprechen. "nein Herr ich, werde dich nicht enttäuschen. Ich werde dir eine treue und ergebene Sklavin sein."

Gerührt über so viel Vertrauen und Zuneigung strich Phillip ihr sanft über den Kopf und lobte sie für ihre Haltung. Dann schickte er seine Mädels unter der Führung Caros in die Küche um das Frühstück vorzubereiten, er selbst würde in wenigen Augenblicken nachkommen. Während Caro ihre Schwestern in die Küche führte, griff Phillip zum Telefon um sich noch einmal kurz mit Jan auszutauschen.

Caro brachte Franziska, Zita und Estelle in die Küche, gab ihnen Kissen zum draufknien. Sie zeigte ihnen die Plätze an denen sie nachher auf Phillip warten sollten und legte somit die vorläufige Sitzordnung fest. Ein Kissen neben ihr blieb frei, was die anderen mit Erstaunen sahen, aber nichts dazu zu sagen wagten. Caro zeigte ihnen wo was in Küche und im Nebenraum zu finden war. Danach teilte sie ihnen erst einmal verschiedene Aufgaben zu. Sie selbst ging an den auch in der Küche unvermeidlich vorhandenen Terminal und loggte sich ins Hausnetz ein. Während Caro am Laptop war und die Mädels das Frühstück vorbereiteten, setzte munteres Geplauder der Süßen ein. Sie suchte die Seite mit dem allgemeinen Tagesablauf, druckte ihn aus und fuhr den Laptop wieder runter. Caro wartete bis die Frühstücksvorbereitungen abgeschlossen waren und gab dann ihren neuen Hausgenossinnen den Ausdruck. Alle setzten sich auf ihre Plätze. Sie studierten den allgemeinen Tagesablauf und warteten auf Phillip.

Der hatte die Zeit gut abgepasst und kam in die Küche als seine Dienerinnen in Wartehaltung knieten. Phillip nickte Caro anerkennend zu, was sie mit Stolz erfüllte. Ein warmes Gefühl durchströmte sie und ließ sie sanft erröten. Ihre Freundinnen fanden, dass Caro damit noch viel schöner aussah. Als ob Caro die freundlichen Gefühle, die ihr entgegengebracht wurden, spürte, fühlte sie Dankbarkeit gegenüber ihren Schwestern. Sie beschloss sich Mühe zu geben ihnen auch immer mit Güte und Liebe zu begegnen. Caro durchfloss ein Glücksgefühl. Sie spürte, dass sie mit dieser Einstellung die uneingeschränkte Anerkennung durch ihre Schwestern hatte. Sie würde somit eine Schlüsselstellung im Haushalt ihres Herrn einnehmen. Caro wusste sie würde diese Herausforderung annehmen und ihre Rolle im Sinne ihres Meisters ausfüllen.

Die Sicherheit, die sie durch diese Entscheidung nach außen abstrahlte, beeindruckte alle Anwesenden. Phillip, der dies erhofft hatte, sah seine Erwartungen, die er in Caro gesetzt hatte als erfüllt. Auch in ihm breitete sich ein Gefühl der Freude, gepaart mit Stolz, auf seine Schöpfung aus. Seine Dienerinnen spürten die positive Energie, welche von ihrem Herrn ausging und freuten sich auf eine gemeinsame Zukunft mit ihm. Phillip wusste, es würde an ihm liegen, keine Eifersüchteleien unter seinen Sklavinnen aufkommen zu lassen. Aber das würde ihm nicht schwerfallen. Außerdem hatte er ja noch Caro zu seiner Unterstützung. Sie war die von allen anerkannte 1. Sklavin seines Hauses.

Freudestrahlend und Stolz sah Phillip seine Hühnerschar, wie er sie heute Morgen für sich selbst despektierlich nannte, an. Dass Caro ein unbesetztes Kissen neben sich platziert hatte registrierte er leise in sich hineinschmunzelnd. Ja, ja, seine Caro. Dachte sie doch schon an Tanja. Sie schien nun doch langsam davon überzeugt, dass sie sich heute Abend endgültig unterwerfen würde. Nun wurde es aber wieder Zeit das Heft in die Hand zu nehmen dachte Phillip und lud die Mädchen zu Tisch.

"So ihr Lieben, ich wünsche euch nochmals einen guten Morgen. Setzt euch zu mir an den Tisch, so wie Caro euch eingeteilt hat. Ein grobes Tagesraster habt ihr ja schon von Caro bekommen. Während des Frühstücks herrscht allgemeine Redefreiheit, wenn ich oder Caro nichts Anderes anordne. Eine von euch ist für das Frühstück verantwortlich. Die Einteilung macht Caro. Morgen früh werdet ihr unter der Führung Caros frisches Brot usw. holen."

Phillip machte eine Pause und sah sich seine Damen an. Die nickten nur gleichmütig zu seiner Ankündigung. Nach einem kleinen Räuspern fuhr Phillip fort:

"Caro und ich werden heute Abend in Paderborn eine weitere Sklavin übernehmen. Ihr werdet sie genauso liebevoll in euren Kreis aufnehmen wie ihr euch gefunden habt. Estelle wird uns begleiten, sie kann dann gleich ihren Arbeitsplatz kennenlernen. Für den heutigen Tag gilt folgendes: Caro weist euch in eure Tagesarbeit ein. Soweit alles klar?"

Zustimmend nickten alle Mädel und antworteten unisono: "Ja Herr."

"Na dann einen Guten Appetit, lasst es euch schmecken."

"Danke gleichfalls Meister" ertönte es vierstimmig zurück.

Mit gesundem Appetit machten sie sich über das späte, aber trotzdem leckere Frühstück her. Die Ereignisse des Morgens hatten doch ihre Zeit in Anspruch genommen. Fröhlich plappernd unterhielten sich Phillips vier Grazien und bemühten sich, ihm jeglichen Handgriff abzunehmen. Sie verwöhnten ihn nach Kräften. Das führte schließlich dazu, dass sie Phillip fütterten. Mit einem Machtwort beendete er die liebevolle Zuwendung seiner Schönen. Phillip zog sie in seine Arme und gab jeder von ihnen einen Kuss und verabschiedete sie mit einem Klaps auf den Hintern und der Bemerkung auch heute rufe die Pflicht, deshalb könnten sie dieses Spiel leider nicht ausweiten, auf ihre Plätze zurück.

Als sie das Frühstück beendet hatten, bat Phillip noch einmal um ihr Gehör und erklärte ihnen dass zu einer solchen besonderen Beziehung wie sie sie hätten unbedingtes Vertrauen und Offenheit für das Funktionieren notwendig sei. Was er von ihnen erwarte, dürften auch sie von ihm erwarten. Nach diesen einleitenden Worten erklärte Phillip nun:

"Caro hat sich am letzten Dienstag mangelnde Sorgfalt bei der Durchführung einer Aktion zuschulden kommen lassen. Dafür wird sie erst heute bestraft, weil wir vor der Bestrafung die Hintergründe des Fehlschlages aufklären mussten."

Erstaunt und verwirrt sahen ihn seine Frauen an. Caro wurde weiß wie eine frisch gekalkte Wand. Sie hatte nun gar keine Vorstellung darüber wieso, wofür sie nun bestraft werden sollte. Phillip klärte seinen plötzlich schweigsamen Harem auf. Er erwähnte auch die besonderen Verdienste Jans in diesem Fall und sagte nun an Caro gewandt:

"Du wirst dich zu Meister Tanaka begeben um deine Bestrafung in Empfang zu nehmen, nachdem du deinen Schwestern ihre heutigen Pflichten zugewiesen hast. Sei pünktlich um halb elf bei Meister Tanaka. Jan hat sich besondere Verdienste um die Aufklärung der Hintergründe gemacht, außerdem bildet deine Bestrafung den Abschluss deiner Ausbildung durch Jan. Lege dein schwarzes Halsband an, wenn du dich zu ihm begibst um deine Strafe in Empfang zu nehmen und verhalte dich so, dass dein Meister stolz auf seine Dienerin sein kann."

Phillip sah Caro während seiner letzten Worte fest in die Augen. Sie erkannte darin das unbedingte Vertrauen, welches er in sie hatte. Fest erwiderte sie seinen Blick und signalisierte ihrem Herrn so, dass sie ihn nicht enttäuschen würde. Mit einem Lächeln übertrug er Caro die Verantwortung für die nächste knappe Stunde. Als es Zeit wurde, bereitete Caro sich vor. Eine innere und äußere Reinigung mussten noch her, bevor sie sich zu Jan begab. Dann machte sich Caro auf den Weg und wurde von Phillip mit einem liebvollen Kuss verabschiedet. Auf dem Weg zu Jan grummelte es doch ein wenig in ihrer Magengegend. Jan und Ihr Meister waren zwar gut befreundet, aber welche Auswirkungen hatte das jetzt auf ihre Bestrafung? Andererseits würde Phillip es aber auch nicht zulassen, dass sie von seinem Freund überansprucht werden würde. Über ihre Gedanken hatte Caro gar nicht bemerkt, dass sie schon an Meister Tanakas Haus angekommen war.

Ihr Vertrauen in die Entscheidungen ihres Meisters war ungebrochen. Frohen Mutes überprüfte Caro noch einmal den Sitz ihres Strafhalsbandes und hängte die Kette ein, bevor sie an Jans Tür klopfte. Dann sank sie auf die Knie und wartete darauf, dass sie ins Haus gebeten wurde. Zu ihrer Verwunderung öffnete nicht Sakura sondern Saskia die Tür. Unfreundlich zerrte sie Caro auf allen Vieren ins Haus. Caro ließ es ohne zu murren mit sich machen, fragte sich aber ob Saskia denn ihre letzte Lektion nicht gelernt hatte. Demütig hielt sie Kopf und Blick gesenkt und ließ sich nur durch den Zug an der Kette durch ihre Führerin leiten.

Nachdem Caro eine kurze Wegstrecke an der Seite Saskias gekrabbelt war, musste sie in ein Paar Getas schlüpfen. Der Teil des Hauses in dem Caro sich nun befand, war völlig im traditionellen japanischen Stil eingerichtet. Das Gehen darin fiel ihr Anfangs nicht leicht. Doch da sie das Tragen von Stöckelschuhen gewohnt war, fiel es ihr nach wenigen Metern nicht mehr so schwer. Nach einigen Minuten kamen sie in einen Teil des Hauses den sie noch nicht kannte. Caro grinste innerlich. Genau wie ihr Herr hatte auch Meister Tanaka ein Faible für Geheimniskrämerei. Nun ja, bei dieser Art von Lebensstil war ein wenig Zurückhaltung wohl auch angebracht dachte sie sich. Jäh wurde sie aus ihren Gedanken gerissen und in ihrer Bewegung gestoppt als Saskia die Leine ruckartig anzog. Caro musste die Getas wieder ausziehen und sank neben der ebenfalls knienden Saskia nieder.

Saskia schob eine Papiertür beiseite. Beide senkten den Kopf zum Boden und bezeugten so dem erhöht thronenden Meister ihren Respekt. Sodann erhoben sie sich wieder und Saskia führte Caro in den Raum. Caro schritt Dank der Lektionen Phillips, erhoben Hauptes, den Blick fest auf Jan gerichtet in den Raum. Saskia dagegen ging mit gesenktem Kopf, den Blick auf den Boden gerichtet auf ihren Herrn zu. Unterschiedlicher konnten sich beide Frauen nicht präsentieren. Etwa drei Meter vor dem Sitz Jans sanken die beiden auf die Knie in Wartehaltung. Rechts und links von ihnen knieten Sakura und Lucille, die Gesichter ihnen zugewandt, ebenfalls in Wartehaltung. In ihren gespannten Körpern rührte sich kein Muskel.

Mit den Worten "Meister ich bringe euch die Sklavin eures Freundes Meister Winter. Sie ist mit einem Wunsch zu euch gekommen" stellte Saskia Caro vor.

Jan bellte irgendetwas japanisches, worauf sich Saskia dankbar ein paar Schritte zurückzog. Dann blickte er von seiner erhöhten Position auf Caro herab und betrachtete sie intensiv. Caro begann sich unter diesem Blick, der schwer auf ihr lastete, unwohl zu fühlen. Nur mühsam konnte sie jede Bewegung unterdrücken. Sie wusste, dies war ein Test mit dem Jan sie auf die Probe stellen wollte. Es war äußerst wichtig für beide, dass sie diesen Test bestand. Nach einer für Caro schier unendlich lang erscheinenden Zeit begann Jan zu sprechen. Mit einer etwas heiseren, bellenden Stimme befragte er Caro nach ihren Wünschen.

Diese fragte sich wieso er hier so ganz anders klang als in Phillips Haus. Er musste wohl komplett in seinen japanischen Habitus gefallen sein, wo der Mann der Herrscher über alles ist und die Frau nicht viel mehr Wert war als das schwarze unter dem Nagel. Wenn es so war, schlussfolgerte Caro, dann war Jan wandlungsfähig wie ein Chamäleon. Dabei fiel ihr wieder sein Auftritt in der Orangerie ein, was sie unmittelbar an Tanja denken ließ.

Mit fast unmerklicher Verzögerung, ob ihrer Überlegungen, antwortete Caro:

"Meister, mein Herr schickt mich um meine Bestrafung aus eurer Hand zu erhalten. Ich habe einen Abend nicht ausreichend abgesichert und euch deshalb unnütze Arbeit aufgebürdet. Dies steht einer Sklavin nicht zu. Ich erflehe eure Verzeihung für dieses unentschuldbare Verhalten. Trotzdem muss ich bestraft werden. Ich bitte euch daher mich hierfür nach eurem Belieben zu bestrafen."

Caro hatte während ihrer Rede wie sie es von Phillip gelernt hatte, Meister Jan angesehen. Der war naturgemäß gar nicht erbaut darüber und fragte finster: "Sklavin Caro ist ihnen die Bedeutung des Halsbandes, welches sie tragen nicht bekannt?"

"Doch Herr, die Bedeutung des Halsbandes ist mir bekannt. Es gibt jedem Meister dem mein Herr mich übergibt das recht mir Befehle zu erteilen und verpflichtet mich, sich ihm zu unterwerfen"

"Warum handeln sie nicht danach und halten ihren Blick nicht gesenkt Sklavin?"

"Weil mein Herr mir befohlen hat, nur dann den Blick zu senken, wenn es mir von dem jeweiligen Meister dem ich überlassen wurde befohlen wird."

Caros Worte enthielten ein gewisses Maß Kritik an Meister Jan und es gehörte schon ganz schön viel Mut dazu den Halbjapaner so herauszufordern. Jans Frauen erschraken und befürchteten einen der gefürchteten Wutausbrüche ihres Herrn, angesichts Caros Ungeheuerlichkeit. Doch nichts geschah. Dann, langsam, spaltete ein Grinsen Jans Lippen und er brach in ein höllisches Gelächter aus. Jans Frauen sahen sich verständnislos an. So etwas hatten sie noch nie erlebt. Schnell besannen sie sich und hofften, dass ihr Herr nichts von ihrer Nachlässigkeit mitbekommen hatte.

Doch Jan kannte seine Frauen und hatte die kleine Nachlässigkeit sofort mitbekommen. Er ließ sich dadurch nicht stören und lachte lauthals weiter bis ihm Lachtränen die Wangen herabliefen. Unterbrochen von Lachern, Ächzern und keuchendem Luft holen forderte Jan:

"Sklavin... huuuhuuuaaah, Caro, sie ... ... äächzzz, ...werden... sofort ...... hahauuaahhh... den ..." schnaufendes Luftholen unterbrach den stockenden Redefluss "sofort den Blick senken." Caro befolgte augenblicklich

Jans Befehl. Nach und nach beruhigte sich Jan wieder und sah gewohnt grimmig in die Welt.

Nach einer mehrminütigen Pause, die den vor ihm knienden Sklavin wie Stunden vorkamen, richtete Jan das Wort an Sakura:

"Sakura meine Frau, du warst unseren Dienerinnen ein schlechtes Vorbild. Ich werde dich deshalb später noch dafür strafen müssen."

"Wie es dir beliebt Gebieter" kam es von Sakura zurück.

"Ihr nehmt jetzt Sklavin Caro und badet sie. In einer Stunde steht sie nackt im Wintergarten bereit." Damit erhob sich Jan und verließ würdevoll den Raum.

Sakura dankte ihrem Herrn für den Auftrag und versprach alles gemäß seinen Wünschen auszuführen. Sie hatte es gewusst. Ihrem Gebieter entging nichts. Sakura gebot Caro sich zu erheben und ihr zu folgen. Saskia und Lucille schlossen sich an. Die kleine Prozession begab sich in den Badebereich. Die Entkleidung Caros artete gleich zu einer erotisierenden Handlung aus. Zarte Finger, Hände und Lippen streichelten ihren Körper und versetzten Caro in einen Zustand in dem die Geilheit überhandnahm.

Unter fortwährendem Streicheln und einer zarten Massage wurde Caro von den drei Frauen Jans gründlich gewaschen. Sakura kniete vor ihrer Freundin und verwöhnte das Schatzkästlein Caros mit Mund, Zunge und Händen. Lucille beschäftigte sich liebevoll mit Caros Oberkörper, wobei ihre Brüste bevorzugt im Mittelpunkt standen. Saskia übernahm Caros Rückseite und verwöhnte ihre Rosette gekonnt. Schließlich reinigte Saskia noch einmal den Darm und meldete ihrer Herrin, dass ihr Pflegling gereinigt sei.

Durch die liebevolle Behandlung angeregt, fühlte sich Caro bemüßigt ins geile Spiel einzugreifen und ließ ihre Hände über die Körper der Gespielinnen gleiten. Bald entwickelte sich ein Knäuel sich um einander windender Leiber, dem genussvolles Stöhnen entfloh. Brüste schmiegten sich an Rücken, drangen und gierige Mäuler ein. Zungen und Zähne verwöhnten die hart werdenden Knospen. Harte Nippel fickten hungrige Mösen und wurden genussvoll von den zupackenden Mösenlippen gekaut. Caro befand sich in einem Lusttaumel, der jäh von Sakura unterbrochen wurde.

"Genug gespielt! Die Sklavin muss noch vorbereitet werden" klang Sakuras Stimme hart dazwischen, obwohl es ihr am schwersten fiel vom lustvollen Tun abzulassen.

Nicht nur Caro stöhnte enttäuscht auf. Selbst Sakura zeigte sich enttäuscht. Allerdings wurde Caro dadurch wieder bewusst, dass sie nichts als die niederste Sklavin war, die ihrer Bestrafung durch den Herrn des Hauses entgegensah. Schnell duschten sie Caro ab. Dann führten sie die nasse Gefährtin zum Badezuber. Entsprechend japanischer Sitte, stieg man erst ins heiße Wasser nach einer gründlichen Reinigung. Nachdem Caro bis zum Kinn im heißen Wasser saß, gab Sakura eine merkwürdig riechende Essenz hinzu. Auf Caros Nachfrage wusste Sakura nur zu antworten, dass es sich um eine spezielle Mixtur ihres Herrn handelte, deren Zusammensetzung ihr allerdings unbekannt war.

Nachdem Caro 15 Minuten im heißen Wasser gegart worden war, halfen ihr Jans Frauen aus dem Badezuber heraus. Schnell hüllten sie Caro in heiße, feuchte Tücher und trockneten sie ab. Caros Haut glänzte rosig. Ihre Nippel und ihr Kitzler zeigten sich gut durchblutet, bereit für Spiel und Spaß. Nachdem Caro trocken war, legte Sakura ihr wieder das Halsband um und führte sie vor ihren Herrn.

"Du bist 18 Sekunden zu spät" empfing sie Jan. "Merke dir diese Zahl, Sklavin. Sie wird in deine spätere Strafe einfließen" verabschiedete er Sakura.

Die fiel daraufhin auf die Knie und unter gemurmelten Entschuldigungen kroch sie rückwärts aus dem Raum. Dann wandte sich Jan Caro zu. Stumm winkte er sie an sich heran. Caro trat, den Blick vor sich auf den Boden gerichtet vor Jan. Als sie vor ihm stand erkannte sie, dass Jan nur einen Lendenschurz trug der sein halbsteifes Glied nur unvollständig bedeckte. Caro stand in Wartehaltung vor ihrem Zuchtmeister und fragte sich, wie ihre Strafe wohl aussehen würde. Ihre Phantasie reichte nicht aus, wie um Himmelswillen sie in einem Wintergarten abgestraft werden sollte. Nun sie würde es noch früh genug am eigenen Leibe erfahren, dachte sie sich...

Jan starrte mit einer gewissen Begierde auf Caros wohlgeformte, pralle Titten. Mit ihnen wollte Jan seine Strafaktion beginnen. Wie aus dem Nichts hielt er auf einmal zwei japanische Bondageseile in den Händen. Er legte sie um Caros Nacken und führte sie in einer lockeren Schlinge nach vorne. Er nahm ihr das Halsband wieder ab und zog die Schlinge straff an, sodass sie quasi das Halsband ersetzte. Jan legte nun Windung nach Windung um Caros Titten und band sie stramm ab. Die freien Seilenden führte Jan um die Schultern nach hinten und zog so Caros Schultern streng in die gleiche Richtung. Caros Titten wurden dadurch nach vorn gepresst und standen wie stramm aufgepumpte Luftballons von ihrem Oberkörper ab.

Jan ließ die freien Seilenden herabbaumeln und nahm ein neues Seilpaar, welches er geschickt um ihre Taille wand, zwischen ihren Beinen hindurch zur Taille zurück und von da zu den Füßen. Noch war die Verschnürung nur locker um Caros Körper gewunden und sie fragte sich, wie es wohl weitergehen würde. Die Antwort erhielt sie recht schnell. Nachdem Jan die Seilenden von den Füßen zu den Schultern hochzog, strafften sich die Schlingen und bissen schmerzhaft in ihr zartes Fleisch. Caros Körper wurde in eine Brücke gezwungen wobei ihre Füße seitlich an den Schultern fixiert wurden. Der Zug des Seiles spreizte Caros Schenkel breit auseinander. Noch nie kam sich Caro so geöffnet und verletzlich vor.

Geschickt hatte Jan ein Seil in Caros Haare geflochten und zwang damit den Kopf in den Nacken. Caros Lustöffnungen waren nun auf idealer Höhe für den zustoßenden Schwanz des neben ihr kauernden Meisters. Doch der hatte andere Pläne mit seiner kleinen Gefangenen. Jan umkreiste Caro, kniete neben ihr oder saß im Lotossitz und genoss den Anblick seines neuesten Bondagekunstwerkes. Es war unvergleichlich. Noch nie hatte er eine so bewegliche und willige Partnerin für sein Schaffen gehabt. Jan war stolz darauf, dass er mit einer minimalen Anzahl von Seilen die völlige Bewegungslosigkeit von Caros Körper erreicht hatte. Obwohl oder gerade weil sie durch ihre Rhythmische

Sportgymnastik so gelenkig und beweglich war, spürte sie keine direkten Schmerzen, sondern eine erträgliche Spannung ihres Körpers, die langsam schmerzhaft wurde. Je länger diese Fesselung anhielt, desto ärger wurden die Schmerzen. Die Fesselung war so geschickt gemacht, dass Caro zu völliger Bewegungslosigkeit verurteilt war. Und grade diese durch die erzwungene Bewegungslosigkeit verursachte Anspannung ließ Caros Muskeln verhärteten und die Schmerzen wurden immer unerträglicher.

Caro machte das Beste aus ihrer Situation und ergab sich. Die Schmerzen verblassten und ein neues Gefühl breitete sich in Caro aus. Noch immer lag sie bäuchlings auf dem Boden und ein Teil ihres Körpergewichtes wurde von den aufgeblähten, abgebundenen Titten aufgefangen, wobei Caros harte, dick geschwollene Nippel scheinbar die Hauptlast trugen. Ihre abgebundenen Brüste pumpten dumpfen Schmerz, gepaart mit Lust im Rhythmus ihres Pulsschlages durch die Adern. Die hart erigierten Nippel wurden durch den harten Boden in ihre blau verfärbten Ballons gepresst. Im Takt von Caros Herzen sandten sie Impulse, kleinen Blitzen gleich, an den aufgerichteten, aus seiner Haube herauslugenden Kitzler.

Caros Fotze begann zu schleimen. Sie produzierte Saft noch und nöcher. Bald hatte sie das Gefühl in einem See ihres eigenen Lustsaftes zu liegen. Jan beobachtete dieses Schauspiel mit Genuss. Dann plötzlich ohne sichtbare Anstrengung hob Jan sie an und trug sie zu seinem Teich und hängte Caro an den Haken eines Seilzuges. Caro baumelte am Haken und pendelte hin und her. Durch ihre Lage und die unkoordinierten Bewegungen wurde ihr leicht übel. Jan zog Caro eine

Haube mit Atemventilen über den Kopf und verschloss sie sorgfältig unterhalb des Kinns. Dann schaltete Jan das Beatmungsgerät ein und versenkte Caro im Teich und setzte sein Spielzeug in einem Bambusgestell ab.

Augenblicklich begann die Essenz aus dem Badezuber ihre Wirkung zu entfalten und lockte sämtliche Kois im Teich zu Caro. Wild und gierig begannen sie an Caro zu schnuppern, zu knabbern und zu saugen. Das Wasser wurde schaumig vom Gewühl der aufgeregten Fische. Der Pflanzenextrakt in dem Caro gebadet worden war, gaukelte den Kois ihr Lieblingsfutter vor. Deshalb kämpften diese um die vermeintlich "besten Futter-plätze". Jan sah schmunzelnd zu wie Caro in der Gischt verschwand. Er wusste, dass Caro nichts Ernsthaftes passieren würde, da er diese Art der Bestrafung vorher an sich selbst ausprobiert hatte.

Als Jan Caro die Haube über den Kopf zog erhärtete sich ihr Verdacht, dass ihre Strafe etwas mit dem Teich zu tun haben könnte. Aber auf das, was jetzt mit ihr passierte, war sie ganz und gar nicht vorbereitet. Rücksichtslos drängten die großen Fische ihre kleine-ren Artgenossen beiseite, begannen gierig Caros zartes Fleisch in ihre Mäuler zu saugen und daran zu knib-beln. Die kleineren Fische drängelten sich dazwischen. Für Caro fühlte es sich äußerst unangenehm an, wenn weiche Fischleiber über ihren Körper strichen. Flos-sen- und Schwanzschläge Brüste, Schenkel und Weich-teile tätschelten.

Dies Szenario war etwas völlig neues und Unbekanntes für Caro. Panik drohte sie zu überwältigen. Caros Kör-per verkrampfte sich. Wild zerrte sie an ihren Fesseln ohne etwas zu erreichen. Zu fest war Jans kunstvolle

Fesselung geschlungen. Verzweifelt versuchte sie sich bemerkbar zu machen. Jede Berührung durch die Kois versetzte Caro in immer tiefere Furcht. Fast panisch wurden ihre Versuche auf sich aufmerksam zu machen. Ein heftiger Schmerz riss Caro aus ihrem Angstzustand heraus. Wie ein Blitz zuckte die Erkenntnis, dass sie nichts zu befürchten hätte. Ihr Meister hielt seine schützende Hand über sie. Dessen war sich Caro sicher. Jan hätte niemals entgegen dem Willen seines Freundes gehandelt.

Caro gab sich den Fischen hin und begann die Stimulierung ihrer erogenen Zonen durch die Kois zu genießen. Die Fische umschwärmten Caro und übten die verschiedensten Reize auf sie aus. Ein riesiger, dicker Koi hatte Caros Kitzler als Objekt seiner Begierde auserkoren und versuchte die vermeintliche Nahrung in sein Maul zu saugen. Dabei zerrte er schmerzhaft an Caros Kitzler und brachte gleichzeitig ihre Säfte zum Fließen. Ein kleinerer Koi hatte sich derweil in ihre Arschkerbe verirrt. Gierig mümmelte er an Caros kitzliger Rosette und sandte tosende Lustschauer durch Caros Körper. Sie versuchte nun die verschiedenen Eindrücke zu sortieren und zuzuordnen. Dass was sie zuerst in ihrer Panik als schrecklich empfunden hatte, bereitete ihr nun qualvolle Lust. Ihre Geilheit stieg ins unermessliche und explodierte endlich in einem erdbebenartigen Höhepunkt. Caro zerbrach in tausende Lustfunken, die durchs Weltall sausten und sich dann wie in einem schwarzen Loch wieder sammelten. Caro war durch die Gewalt ihres Höhepunktes weggetreten.

Jan hob die bewusstlose Caro aus dem Wasser und holte sie wieder in diese Welt zurück. Die Wirkung des Mittels im Wasser ließ nach und die Kois verteilten sich wieder im Teich. Caros Vorstellung hatte Jan so heiß gemacht, dass er die herbeigeeilte Sakura auf die Knie zwang und ihr von hinten rücksichtslos die Fotze füllte. Hart hämmerte sein Schwanz in Sakura hinein bis er sich laut aufbrüllend in ihr ergoss. Jan befahl Lucille seien Schwanz zu säubern und Saskia durfte diesen Liebesdienst an Sakuras Intimbereich verrichten.

Caro hatte Jans animalischen Fick teilnahmslos beobachtet. Zu fertig war sie von ihrem eigenen Erlebten. Jan, der sie die ganze Zeit beobachtet hatte, befahl nun Sakura und Lucille sich um Caro zu kümmern und sie anschließend bei Phillip wieder abzugeben. Während sich die Frauen um Caro kümmerten, bearbeitete Jan die Videoaufnahmen und speicherte sie in einer Cloud ab. Er war stolz auf seine Technik. Phillip konnte alles im Livestream beobachten. Etliche Details hatten die Kameras sehr viel besser aufnehmen können als es dem menschlichen Auge möglich gewesen wäre. Phillip würde zufrieden sein. Die Kontrolldaten der Sensoren in der Haube speicherte Jan ebenfalls ab. Zusätzlich präparierte er eine Datei so, dass die Kontrolldaten am unteren Bildrand des Videos zeitgleich mitliefen.

Jan kopierte zudem die Daten auf einen USB-Stick und befestigte ihn mit Geschenkband an einem Fotzensummer. Dann rief er Caro herbei und schob sein Präsent in ihre Lustgrotte. Den Vibrator schaltete er auf mittlere Stufe ein und befahl Caro das Geschenk für ihren Meister nicht zu verlieren. Anschließend erteilte er Sakura und Lucille noch einige Instruktionen und entließ die drei Mädels. Sichtlich mit sich zufrieden grinste Jan vor sich hin als die drei Grazien den Raum verließen. Hatte sich Caro noch im Stillen über die Milde der Bestrafung, die eigentlich mehr eine lustvolle

Befriedigung ihrer unersättlichen Geilheit war, gewundert, wurde sie jetzt eines Besseren belehrt.

Schon beim Verlassen des Raumes spürte Caro wie der in ihr tobende Vibrator ihre triefende Fickröhre verlassen wollte. Nur mit einiger Mühe konnte sie ihn in sich behalten. Caro schwante, dass es noch ein sehr langer und schwieriger Weg bis zum Haus ihres Herrn werden würde. Mit dieser Einschätzung traf sie genau ins Schwarze. Sakura und Lucille brachten Caro zunächst wieder ins Bad. Dort entfernte Sakura den Eindringling aus Caros Fotze. Jans Frauen reinigten Caro und befreiten sie wieder von den Resten der Tinktur die die japanischen Karpfen angelockt hatte. Als Caro wieder sauber und trocken vor den beiden stand, wurde sie von ihnen angekleidet.

Als erstes wurde ihr wieder der Präsentdildo mit dem USB-Stick in die Grotte geschoben. Gierig schlossen sich Caros Mösenmuskeln darum und versenkten ihn in der Tiefe ihres Leibes. Als nächstes wurde Caro ein Harness angelegt, der außen um ihre Möse herumführte und ihre Lustgrotte weit aufklaffen ließ. Dadurch wurden ihre gekräuselten inneren Rosenblätter ansehnlich präsentiert. Caro verspürte die erotisierende Wirkung des Ledergeschirrs auf ihrer Haut und wurde ganz wuschig. Schon jetzt fiel es ihr schwer ihre Lustmuskeln zu beherrschen. Und das, wo sie sich doch erst am Anfang ihres Weges zu ihrem Herrn befand.

Caro wurde zudem ein Kopfgeschirr angelegt. Als ihr eine Trense ins Maul geschoben wurde, schwante Caro dass sie als Pony aufgezäumt werden sollte. Lucille befestigte einen Federbusch auf dem Kopfgeschirr. Dann legte sie die Zügel an der Trense fest. Sakura verpackte inzwischen Caros Arme in einem Monohandschuh. Streng schnürte sie die Ellenbogen aneinander. Caros Schultern wurden zurückgezwungen und ihre strotzenden Titten nach vorn gedrückt.

Diese obszöne Zurschaustellung ihres Körpers erregte Caro ohne Ende. Lustschauer ließen kleine Wellen über ihren Körper wandern und ihre Möse verstärkt Geilsaft produzieren. Sakura kniete nun vor ihrer Freundin und klopfte leicht an den Unterschenkel. Caro folgte dem leichten Zug von Sakuras Hand und hob ihren Fuß. Dann zog Sakura Caro einen speziellen Schuh an. Die Sohle war wie ein Huf geformt und zwang Caros Fuß in eine extreme Streckung. Der Schaft des Schuhs war so verstärkt, dass Caros Fußgelenk und die Wade Halt darin fanden. Nun stützte Lucille Caro während Sakura ihr den zweiten Schuh verpasste.

Als Sakura und Lucille von Caro wegtraten, schwankte diese ein wenig auf dem ungewohnten Schuhwerk. Dank Caros sportlichen Aktivitäten gelang es ihr jedoch schnell damit zurechtzukommen. Sakura beugte Caro nach vorn, schob ihr einen gut gefetteten Stöpsel in die Rosette und pumpte ihn stramm auf. Nun war Caro auch noch mit einem Pferdeschwanz geschmückt worden. Um das Maß voll zu machen legte Lucille Caro nun auch noch Scheuklappen an. Caro schnaubte entsetzt auf. Das war nun der Gipfel der Demütigungen. Sie sah so lächerlich aus, dass es einem schwerfallen würde bei diesem Anblick nicht zu lachen. Was sollte denn noch alles Folgen? Sakura und Lucille mussten ein Grinsen über Caros entsetzte Reaktion unterdrücken. Selbst ihnen, die viel gewohnt waren, fiel dies schwer. Doch sie wollten ihre Freundin durch die unangemessene Erheiterung über ihr Aussehen nicht noch weiter erniedrigen. Nachdem Sakura sich wieder beruhigt hatte, trat sie vor Caro und befestigte zwei kleine Glöckchen an Caros Nippel. Dann bückte sie sich und brachte eine kleine Kette an Caros Kitzler an. Die Klemme biss schmerzhaft hinein und ließ Caro fast die Kontrolle über ihren Fotzensummer verlieren. Sakura führte die Kette über eine kleine Rolle am Boden des Vibrators und legte sie in eine Miniaturwinde unter dem Pferdeschweif ein. Rutschte nun der Dildo aus seiner Höhle straffte er die Kette und setzte die Winde in Gang. Die zog die Kette an und presste den Vibrator wieder in ins kochende Fotzenloch. Dabei zog und zerrte das befestigte Ende natürlich hemmungslos an Caros Kitzler. Caro musste also aufs höchste daran interessiert sein, den Dildo in ihrer Möse zu behalten.

Dies alles erklärte die zierliche Japanerin ihrer Freundin und erläuterte weiter: "...außerdem wirst du bei jedem Schritt die Knie anheben, sodass sie einen rechten Winkel zum Körper bilden. Komm wir üben das mal..." und hatte aus dem Nirgendwo eine Reitgerte hervorgezaubert.

Sakura nahm die Zügel in die Hand und ließ Caro im Kreis um sich herumgehen. Mit der Gerte korrigierte sie Caros Bewegungen. Schnell zeichneten sich die ersten roten Striemen auf Caros Arsch und Oberschenkel ab. Gleichzeitig klingelten die Glöckchen lustig dazu.

Sakura herrschte Caro energisch an: "Wie kann ich dich faule Schlampe mit so einer Körperhaltung vor deinen Herrn führen? Gib dir mehr Mühe, verdammt noch mal."

Das war nicht die normale Sprache Sakuras, aber sie

musste Caro schnellstmöglich in einen einigermaßen präsentablen Zustand bringen, wollte sie nicht selbst eine Bestrafung durch ihren eigenen Herrn erhalten.

Nach einem Dutzend Runden war Caro am Rande der Erschöpfung. Sah es anfangs gar nicht so schwer aus, die geforderte Haltung einzunehmen und durchzuhalten, fiel es Caro mit jeder Runde schwerer. Obwohl die Hufstiefel nicht sehr schwer waren, wogen sie durch die echten Hufeisen doch etwas mehr als normale Stiefel. Auf Dauer machte sich das Gewicht bemerkbar. Das Anheben der Knie wurde mit jedem Schritt mühsamer. Sakura die dies bemerkte, half nun Caro mit klatschenden Gertenhieben auf die Sprünge.

Nach zwei weiteren Runden hatte Sakura ein Einsehen und ließ es gut sein. Keuchend und nach Atem ringend, mit schweißnassen Flanken, stand Caro schwankend im Raum. Ihre Augen waren weit aufgerissen, ihr Körper durch die Gertenhiebe gezeichnet. Caros Anblick ließ Sakura nicht kalt. Es zerriss ihr fast das Herz ihre Freundin so leiden zu sehen. Aber der Auftrag von Meister Winter war klar und präzise formuliert. Das hatte ihr Herr ihr im Auftrag von Phillip eingeschärft. Lucille kniete in der Ecke und sah das Schauspiel mit Grausen an. Entsetzt blickte sie auf die Gerte in ihrer Hand. Damit sollte sie auch noch zusätzlich auf Caro einschlagen? Was verlangte bloß ihre Herrin von ihr?

Sakura bemerkte dies natürlich und winkte Lucille herrisch zu sich. Eindringlich redete sie auf ihre Dienerin ein und machte ihr klar, dass das hier ein Zuckerschlecken gegen die Strafe wäre, welche sie zu erwarten hätte, wenn sie nicht kräftig genug zuschlagen würde. Ihr Herr würde sie, Sakura, dafür strafen und was dann passieren würde könne sie sich ja an den fünf Fingern ausrechnen. Das war der erbleichenden Lucille natürlich auch klar. Stockend und tränenblind erklärte sie ihren Gehorsam.

Sakura nahm Caro die Trense ab, wischte ihr das schweißnasse Gesicht mit einem feuchten Tuch ab und gab ihr noch einen kleinen Stärkungstrunk aus ihrer Kräuterapotheke. Dankbar blickte Caro ihre Freundin an. Sie verstand ja, dass Sakura nicht aus eigenem Antrieb so handelte. Aber musste Sakura den Anweisungen ihres Herrn so unbarmherzig Folge leisten? Innerlich aufseufzend gab sie sich selbst die Antwort... Sie würde an Sakuras Stelle auch nicht anders handeln.

Aufstöhnend ging Caro leicht in die Knie. Sie hatte nicht an ihre Mösenmuskeln gedacht und schon rutschte der Vibrator aus seiner warmen Höhle und zerrte an der Kette. Mit einem leisen Summen zog der Motor den kleinen Spaßmacher wieder in Caros Fotze. Schnell hatten ihre Muskeln den Eindringling gepackt und sogen ihn tiefer in ihre auslaufende Lustgrotte. Dadurch entlastete sie den Zug auf die Kette und damit auch ihren arg strapazierten Kitzler. Jede Bewegung Caros ließ ihre Titten sanft schaukeln und die Glöckchen klingen. Dabei merkte sie, dass das Klingeln ein wunderbares Metronom für ihr Mösenmuskelspiel war. Caro hoffte, dass sie den Gang mit Hilfe der Glöckchen zum Haus ihres Herrn durchhielt. Sie schöpfte neuen Mut und strahlte Sakura an. Die sah Caros Verwandlung erstaunt an. Das hätte sie ihrer Freundin so nicht zugetraut.

Caro konzentrierte sich auf ihren Rhythmus und verinnerlichte ihn. Und schon fiel es ihr sehr viel leichter sich auf den geforderten Bewegungsablauf zu konzentrieren. In einer Ecke ihres Gehirns ging Caro ihre Bestrafungsaktion durch. Dabei kam sie zu der Erkenntnis, dass Jan diese Strafe nur im Auftrag ihres Herrn vermittelte. Eine derartige Belastungsprobe würde Meister Tanaka niemals von sich aus durchführen. Das musste von ihrem Herrn persönlich kommen. Zugleich spürte sie aber auch die süße Erregung, die der immerfort summende Lustspender in Caros Unterleib entfachte.

Das Wissen um ihre Strafe und dass ihr Meister sie verhängt hatte, sowie die sexuelle Erregung durch die Fesselung sowie den tief in ihr summenden Luststab, ließen Caro fast wahnsinnig vor Lust werden. Der Gedanke an ihren Herrn, denn nur er konnte sich so eine teuflische Strafe ausdenken, führte zu einer Trotzreaktion Caros. Die Genugtuung, dass sie den Fotzensummer verlor, würde sie ihrem Meister nicht geben. Nie! Unbewusst tat Caro genau das, was Phillip von ihr erwartete. Sie sollte ihren Widerspruchsgeist nicht verlieren. Denn nur, wenn sie ihre Aggressionen nicht unterdrückte, sondern kanalisierte, konnte sie die Frau bleiben die Phillip liebte. Eine stolze und selbstbewusste Frau, die sich ihm freiwillig unterwarf.

"Genug geträumt" herrschte Sakura Caro an und trieb sie mit unbarmherzigen Gertenhieben ins Freie. Sakura gebot Lucille ihnen zu folgen und teilte sie an Caros rechter Flanke ein. Caro hatte nur einen winzigen Moment zur Erholung bevor sie von Sakura und Lucille weitergetrieben wurde. Es ging gar nicht einmal so sehr um Geschwindigkeit, sondern um die Eleganz von Caros Bewegung. Es erinnerte ein Wenig an Dressurreiten. Beide Sklavinnen achteten genau darauf, dass

Caro die Knie anhob bis sie im rechten Winkel zum Körper standen und einen eleganten Schritt nach vorn machte. Die Mischung aus den verschiedensten Schmerzen und der Lust die sie daraus zog, ließen Caro in ihre eigene Welt versinken. Wie in Trance bewegte sie sich vorwärts zum Haus ihres Meisters. Sakura und Lucille mussten nur noch selten korrigierend eingreifen. Caros Mösenmuskeln hielten den summenden Eindringling fest, sodass er nicht aus ihrer triefenden Fotze flutschen konnte.

Gefangen in einer Welt die nur aus ihrem Lustschmerz bestand, legte Caro die letzten Meter bis zum Haus zurück. Nun war Caro doch ganz schön geschlaucht. Der in ihren Tiefen tobende Fotzensummer drohte seine feuchtwarme Höhle zu verlassen. Mit letzter Kraft verhinderte Caro dies. Erschöpft von den Anstrengungen betrat Caro das Haus ihres Herrn. Dort wurde die kleine Karawane von Franziska und Zita empfangen. Sie geleiteten die Ankömmlinge ins kleine Spielzimmer neben der Bibliothek. Phillip erwartete sie bereits.

Er saß in einem bequemen Sessel und betrachtete stumm die vor ihm stehende Caro. Dann dankte er den vor ihm knienden Sklavinnen Jans und lobte beide für ihre gute Arbeit. Phillip winkte beide zu sich heran und befahl ihnen ihre Röckchen zu heben. Flugs folgten Sakura und Lucille der Aufforderung Phillips und stellten sich mit hoch erhobenem Röckchen sowie gespreizten Beinen vor ihn hin. Phillip nickte zufrieden. Jans Sklavinnen waren wirklich gut ausgebildet. Aus einer Tasche neben seinem Sessel holte Phillip zwei Doppelvibratoren. Es waren Spezialanfertigungen für Jans Frauen. Phillip führte die Spielzeuge in die Fickkanäle ein und befestigte sie mit dem daran befindlichen Gurtsystem. Er schaltete die Vibratoren auf mittlerer Stärke ein und schickte sie zu Jan zurück. Dabei gab er ihnen noch folgendes mit auf den Weg:

"Zur Belohnung dürft ihr Orgasmen haben soviel ihr wollt, auch ist es euch erlaubt miteinander zu spielen. Nur eins dürft ihr nicht: Stehen bleiben. Wenn ihr jetzt losgeht müsst ihr euch immer weiterbewegen, egal wie langsam auch immer. Ab macht euch auf den Weg zu eurem Herrn."

Freuten sich die beiden Mädels zuerst, wurden sie doch auf dem Heimweg eines Besseren belehrt. Es war gar nicht so einfach miteinander zu spielen, wenn man immer in Bewegung bleiben musste. Aber irgendwie schafften sie es doch und kamen ziemlich ausgelaugt bei ihrem Herrn an.

Phillip hatte sich unterdessen seiner Caro zugewandt. Liebevoll und voller Stolz ruhte sein Blick auf ihr. Zita und Franziska standen aufmerksam neben Caro. Bereit zuzupacken, wenn sie ihre Kräfte verlassen sollten. Schwer atmend, ausgepumpt und geistig erschöpft nahm Caro trotz allem den auf ihr ruhenden Blick Phillips wahr. Sie spürte die Welle des Wohlwollens und des Stolzes die von Phillip ausging. Als ob sie einen Schluck aus dem Jungbrunnen genommen hätte raffte sie noch einmal ihre Kräfte zusammen.

Anmutig sank Caro auf die Knie, blickte zu ihrem Herrn empor und sagte: "Meister ich danke dir für deine Bestrafung. Bitte verzeih mir, dass ich dir so viel Mühe bereitet habe um mich zu belehren..."

Dann verließen Caro die Kräfte und sie drohte umzufallen. Blitzschnell stützten Zita und Franziska ihre Herrin. Phillip sprang eilends hinzu, nahm Caro in seine Arme und hob sie hoch. Halb unbewusst schlang Caro ihre Arme um seinen Nacken. Ihre Lippen suchten seinen Mund. Funken schienen vor knisternde Erotik zu sprühen als sich ihre Lippen berührten. Gierig tauchten die Zungen in die Münder und fochten um die Vorherrschaft. Phillips Schwengel richtete sich auf und drohte sein Gefängnis zu sprengen. Phillips schmerzhafte, pochende Erektion drängte ins Freie. Nach unendlich scheinender Zeit lösten sie ihren Kuss. Phillip und Caro sahen sich an als ob sie sich gerade erst entdeckten.

Franziska und Zita knieten wie erstarrt in der Haltung als Phillip Caro zu sich emporhob. Während Phillip den immer noch tobenden Fotzensummer abstellte, gab er den zu seinen Füßen knienden Dienerinnen den Auftrag oben ein Bad zu bereiten. Phillip setzte sich wieder in seinen Sessel und behielt Caro auf seinem Schoß. Als ob sämtliche Dämme brechen würden, flossen bei Caro die Tränen. Halt suchend schmiegte sich Caro an Phillips breite Brust und schluchzte hemmungslos. Frust und Erleichterung hielten sich die Waage. Frust darüber, immer noch nicht zum Orgasmus gekommen zu sein und Erleichterung darüber, endlich in Phillips Armen zu liegen.

Phillip beruhigte seine Kleine und zog den Mösenstopfer langsam aus Caros klatschnasser, dick aufgequollener Fotze heraus. Mit einem schmatzenden "Plopp" verließ der Dildo die saugende Höhle. Die plötzliche Leere wurde von Caro mit einem enttäuschten "ooohhhhch" quittiert. Einerseits war Caro froh den quälenden Eindringling los zu sein, andererseits fühlte sich ihre Möse unwohl ohne irgendetwas in sich zu haben. Phillip, der Caros "ooohhhhch" genau einzuordnen wusste, füllte Caros hungrige Möse sofort mit zwei, dann drei Fingern und begann sie kräftig abzuficken. Caro stöhnte vor Lust und bockte den Fingern mit aller Gier kraftvoll entgegen. Wimmernd und stöhnend bat Caro um Erlösung. Ihr einen Kuss aufs Ohr hauchend gewährte ihr Phillip den lang ersehnten Höhepunkt.

Laut kreischend heulte Caro ihre Erleichterung heraus. Sie krallte sich an Phillip fest. Caros Körper erbebte unter spasmischen Zuckungen, verkrampfte sich und wurde wieder weich in Phillips Armen. Den hatte Caros Abgang so erregt, dass er nicht mehr an sich halten konnte. Er trug Caro zum Bock und legte sie bäuchlings darüber, damit er sie besser ficken konnte. Ungeduldig öffnete er seinen Hosenlatz und befreite sein schmerzhaft pochendes Fickorgan. Mit einer Hand presste er Caro auf den Bock, mit der anderen führte Phillip seinen Schwanz an Caros Möse und strich ein paar Mal durch ihre triefende Furche. Dann, hart, heftig und unbeherrscht schob er seinen Schwanz in Caros überreizte Fotze. Unbarmherzig rammte er seinen Fleischpfahl in ihre überkochende Grotte und fickte mit aller Kraft deren er fähig war, los.

Caro heulte wie eine Wölfin ihre Orgasmen heraus. Sie war nicht mehr in der Lage einzelne Gipfel zu erkennen. Phillip feuerte sie mit geilen Worten noch an für ihn zu kommen. Langsam ebbte die Sturmflut der Lustgefühle in Caro ab, während Phillip verzweifelt um seinen Höhepunkt kämpfte. Wie ein Dampfhammer rammte er seinen Fleischpfahl in Caros wundgefickte Liebesgrotte hinein. Sein Schwanz schmerzte, seine prall gefüllten Eier wollten und konnten ihren Saft nicht loswerden. Verzweifelt spuckte er auf Caros Rosette und drang mit zwei Fingern ein. Es flutschte wie geschmiert. Ohne eine Pause einzulegen wechselte Phillip die Löcher und stopfte nun Caros Darm.

Es war als ob beide Protagonisten auf diesen Moment gewartet hätten. Tief in ihrem Inneren löste sich etwas, kündigte sich mit einem dumpfen Grollen an. Einem Seebeben gleich begannen Erschütterungen ihre Körper sanft zu durcheilen, steigerten sich von Stoß zu Stoß. Beide Körper erbebten unter den Wellen der Lust. Ihre Körper waren wie Inseln die unter dem Aufprall eines Tsunami erzitterten. Im Gleichklang versanken sie im Strudel ihres Lusterlebens. Caro brabbelte wirres Zeug vor sich hin und auch Phillip gab nur noch unverständliches von sich.

Als ob Dämme brächen, verströmte sich Phillip in Caro. Wie glühende Lava strömte Phillips Samen in Caros Darm, die von diesem Gefühl erneut aus den Tiefen ihrer Lust in himmlische Sphären geschleudert wurde. Beide schrien sich die Seele aus dem Leib als die Lust mit ihnen Achterbahn fuhr. Dann brach die Finsternis über ihnen zusammen. Haltlos sackte Phillip zusammen und zog Caro mit sich zu Boden. Ausgelutscht wie ein leerer Sack lag Caro auf Phillip in seinen Armen. Phillips Finger hatten sich in ihren Titten verkrallt. Caro spürte nichts davon. So lagen sie beide da bevor sie nach einer Weile wieder in die Gegenwart fanden.

Zita und Franziska fuhren erschrocken zusammen als sie das wilde Liebesgeheul ihrer Herrschaften vernahmen. Beide sahen sich an und wussten, dass ihr Gegenüber genau das Gleiche dachte wie sie selber: Auch einmal im Leben so einen Abgang haben. Estelle im Büro hätte fast ihr Programm zum Absturz gebracht, so erschreckte sie sich. Alle drei waren neidisch und wären am liebsten an Caros Stelle gewesen. Unbewusst spielte Estelle mit ihrem Schwanz. Prompt öffnete sich ein Fenster auf dem Bildschirm mit einer Warnung:

Das war Nummer 2! Da Estelle nicht wusste was diese Warnung bedeutete, beschlich sie ein kaltes Grausen und sie nahm sich vor, nicht mehr an sich zu spielen. Jedenfalls nicht solange sie hier im Haus aufhielt und mit dem Computer verkabelt war. Zita und Franziska hatten da mehr Glück. Sie waren nicht verkabelt. Hemmungslos küssten sie sich. Ihre Hände gingen auf Wanderschaft und erforschten gegenseitig ihre intimsten Schätze. Ein Piep-Ton trieb sie auseinander. Schuldbewusst sahen sie sich an und widmeten sich wieder ihrer Aufgabe. Obwohl beide nicht verkabelt waren, blieb ihr kleines erotisches Intermezzo trotzdem nicht unregistriert.

Sanft ließ Phillip seine Caro aus den Armen gleiten und rappelte sich als erster auf. Kniend blickte er auf sie hinab. Noch immer schwer atmend, lag Caro mit geschlossenen Augen vor ihm. Wie zart und verletzlich sie ihm vorkam. Phillip empfand unbeschreibliche Liebe für Caro als er sie so daliegen sah. Zärtlichkeit übermannte ihn. Sachte hob er Caro vom Boden auf und bedeckte ihr Antlitz mit heißen Küssen, dabei ununterbrochen Liebesgeflüster murmelnd. Phillip erhob sich mit seiner süßen Last und ging langsamen Schrittes ins Obergeschoß. Caro spürte die Bewegung und schmiegte sich Halt suchend, noch enger an Phillip. Schließlich erreichten sie das Bad. Dort wurden sie bereits von den knienden Zita und Franziska erwartet. Phillip schnüffelte einmal und roch den speziellen Duft von heißen und befriedigten Fotzen. Ihre geröteten Gesichter und geschwollenen Mösenlappen sprachen Bände. Beide Sklavinnen hatten sich miteinander vergnügt und gegenseitig befriedigt. Phillip beschloss die beiden mit ihrer Bestrafung auf später zu vertrösten und teilte ihnen seine Entscheidung mit. Er legte Caro auf eine Liege und befahl den beiden schreckensbleichen Sklavinnen, ihm beim Entkleiden behilflich zu sein. Als Phillip nackt war, nahm er Caro wieder in seine Arme und stieg mit ihr in das Becken.

Caro, die inzwischen wieder ziemlich klar war, genoss die liebevolle Behandlung Phillips und tat so als ob sie noch immer ein wenig abwesend sei. Phillip tat ihr den Gefallen und verwöhnte sie noch ein wenig nach Strich und Faden. Caro wand sich wollüstig in seinen Zärtlichkeiten, als Phillip sie plötzlich umdrehte und ihr ein paar kräftige Klapse auf den emporgereckten Po gab. Entsetzt quietschte Caro auf, hüpfte von Phillips Schoß herunter und spritzte ihn dabei nass. Dann drehte sie sich um, steckte Phillip die Zunge aus und schaufelte mit beiden Händen Wasser über ihn. Dann wurde ihr die Ungeheuerlichkeit dessen, was sie tat bewusst. Ihr eben noch lachendes Gesicht wurde ernst und Caro nahm eine demütige Haltung ein.

"Verzeih mir Herr, die Lebensfreude hat mich übermannt und ich wusste vor lauter Übermut nicht was ich tat. Bitte bestrafe mich für meine Frechheiten."

Phillip grinste sie mit blitzenden Zähnen an: "So, so, vergessen hast du dich. Nun, ich will da mal nicht so sein. Du wirst mich jetzt mit deiner Muschi entsaften, ohne deine Extremitäten zu benutzen. Wie du das machst ist mir egal. Sogar kommen darfst du dabei."

Caro schaute ihren Meister verdutzt an. So etwas hatte sie nun gar nicht erwartet. Sie krauste ihre Stirn und stupste sich mit dem Finger an die Lippen. Dann erhellte ein strahlendes Lächeln ihr Gesicht.

Sie beorderte Zita und Franziska, die noch immer am Beckenrand warteten, ins Wasser und befahl ihnen ihren Körper über Phillips Schwanz zu schieben. Doch das war gar nicht möglich. Zuerst musste sein bestes Stück wieder in Form gebracht werden. Caros Helferinnen durften nicht aktiv werden. Da Phillips müder Krieger sich unter Wasser befand, war es mit lutschen und blasen auch nicht weit her.

Nachdenklich betrachtete sie Phillips, im Moment gar nicht so stolzen Krieger. Dann erhellte sich ihr Gesicht. Sie ließ sich in einen Hogtie fesseln. So hatte Caro sichergestellt, dass sie ihre Arme und Beine nicht einsetzen konnte und ihre Vorderseite einladend nach vorne gewölbt war. Ein Anblick der jeden Mann einfach scharfmachen musste, fanden die drei Frauen. Auch bei Phillip zeigte sich eine gewisse Wirkung. Aber er beherrschte sich und verhinderte so eine Erektion seines Kriegers. Nun ließ sich Caro mit ihren Prachttitten an das Gemächt Phillips legen und befahl ihren Dienerinnen Phillips Schwanz mit ihren Titten zu verwöhnen. Ihren Kopf in den Nacken legend, strahlte sie Phillip verführerisch an. Der konnte und wollte diesem sinnlichen Anblick, der erotischen Atmosphäre nicht länger standhalten und bekam eine prachtvolle Erektion. Er setzte sich auf den Rand des Beckens und wartete der Dinge, die da kommen sollten.

Caro triumphierte innerlich. Männer waren doch so einfach zu manipulieren. Ein paar pralle Titten, eine rasierte Fotze, ein verführerisches Lächeln und schon war der Verstand in den Schwanz gerutscht. Doch Phillip grinste sie an, beugte sich zu ihr runter und hauchte in ihr Ohr:

"Gib dich keinen Illusionen hin." Um dann laut weiter zu reden: "Nun macht schon voran. - Die Zeit drängt."

Desillusioniert erledigten Zita und Franziska mechanisch ihre Pflicht. Caro war es als ob ein Kübel eiskaltes Wasser über ihr ausgekippt worden wäre. Ihre Lust und ihre Selbstsicherheit waren mit einem Schlag verschwunden. Sie fühlte sich degradiert zu einer mechanischen Fotze zum abmelken eines Schwanzes. Aber gerade diese Erniedrigung verursachte in ihr ein merkwürdiges Ziehen im Unterleib. Ihre Möse betrog sie schon wieder mit erhöhter Produktion ihres Liebesnektars. Caro wurde in diesem Moment klar, dass nicht sie es war die manipulierte, sondern selbst die manipulierte in diesem Spiel war. Der Duft einer bereiten, saftigen und fickbereiten Möse hüllte sie alle ein. Phillips reichlich fließender Vorsaft vermischte sich mit Caros sprudelndem Nektar. Es quatschte jedes Mal, wenn Caro über Phillips Bolzen rauf und runter bewegt wurde.

Langsam lud sich die Atmosphäre wieder erotisch auf. Die Lust stieg in allen Beteiligten wieder auf. Zita und Franziska machte es sichtlich Spaß, Caro auf Phillips Bolzen hin und her zu schieben. Caros Lusthügel schwappte mit jedem Stoß hin und her und erzitterte bei jedem Aufprall auf Phillips Körper. Die Nippel ragten hart aus den verschrumpelten Aureolen hervor. Sie spürten die aufgeilenden Erschütterungen, wenn Caros Geschlecht auf Phillips Schambein knallte. Es schmatzte laut und die Säfte spritzten weg, wenn Haut auf Haut traf. Das Wasser im Becken wurde durch die Arbeit der Sklavinnen in heftige Bewegung versetzt. Es spritzte über den Beckenrand hinweg und flutete den Baderaum.

Phillip stützte sich mit seinen Armen ab um den Stößen besser zu begegnen. Franziska hatte die zündende Idee und deutete Zita an, was sie vorhatte. Dann schoben sie Caro wieder auf Phillips Lustbolzen, dass es nur so matschte. Mit der gleichen Bewegung hoben sie Caros Oberkörper und ließen ihn vehement auf Phillips Brust prallen. Caros Titten klatschten laut auf seine Haut. Ihre knallharten Nippel bohrten sich in Phillips Fleisch. Caros Titten wurden zusammengepresst. Sie genoss den daraus resultierenden Schmerz. Sie schrie vor Geilheit, wimmerte nach mehr und kämpfte um ihren Orgasmus.

Phillip genoss die Behandlung durch seine Dienerinnen noch eine Weile. Dann ließ er sich gehen und jagte seine Sacksahne Schub um Schub in Caros heiße, aufnahmebereite Fotze. Das war der Kick den Caro noch benötigte um im Strudel ihres Höhepunktes unterzugehen. Schwer atmend lagen die vier am Beckenrand. Rasselnd versuchten die strapazierten Lungen die ausgepumpten Körper mit Sauerstoff zu versorgen. Endlich kamen sie wieder zu Atem und richteten sich wieder auf. Auf Geheiß Phillips lösten Zita und Franziska Caros Fesseln.

Dankbar umarmte Caro ihren Herrn und flüsterte heiße Worte des Dankes und der Liebe. Auch Franziska und Zita waren ergriffen von dem Ereignis an dem sie teilhaben durften. Neidlos gönnten sie Caro ihren Genuss und freuten sich mit ihr. Sie schmiegten sich an ihre Herrschaft und genossen deren Nähe und Zufriedenheit. Dann löste sich Caro von Phillip und gab den beiden Sklavinnen Anweisung, Phillip zu waschen und ihm beim Anziehen zu helfen. Sie selbst reinigte sich noch einmal und wartete bis sich Zita und Franziska auch um sie kümmern konnten. Als Caro fertig war, begannen die beiden das Bad trocken zu legen und zu säubern.

Phillip hatte zwischenzeitlich für Caro Kleidung herausgelegt. Dann ging er nach unten ins Büro wo Estelle am Arbeiten war. Sie hatte inzwischen einen Intensivkurs über ihre zukünftigen Aufgaben als Concierge des Paderborner Hauses abgearbeitet. Estelle rauchte der Kopf, soviel hatte sie zu lernen gehabt. Sie war froh als sie von Phillip endlich erlöst und entkabelt wurde. Als sie sich von ihrem Hocker erhob, gab es zwei obszön schmatzende "Plopps" als die Füllungen von ihren Löchern widerwillig freigegeben wurden. Die plötzliche Leere empfand Estelle als unschön und ließ sie die Eindringlinge vermissen. Sie hatte sich schon so an Phillips Geschenke gewöhnt.

Dieser führte sie zu einem Einbauschrank im Flur und zeigte ihr welcher Teil ihr gehört. Hier würde sie immer die Kleidung finden, die er für angebracht hielt, wenn sie die Tür öffnen sollte, oder wenn sie sich aus dem Haus begeben würde. Heute Abend hatte er für Estelle etwas aus hauchfeinem, silbergrauem Chagrinleder zurechtgelegt. Verwundert betrachtete sie die Stücke, die im Schrank hingen. Dann dämmerte es ihr: Es musste sich wohl um eine Art Chauffeuruniform handeln. Das Ensemble bestand aus einem Lendenschurz, der nur ihre Vorderseite bedeckte und einer

Art Frackweste. Dazu passten die Oberarmlangen Handschuhe und die zierliche Ballonmütze aus dem gleichen Material. Die langschäftigen Stiefel mit den 8 cm Bleistiftabsätzen in gleicher Farbe, passten dazu wie die berühmte Faust aufs Auge.

Mit einem fragenden Blick zu Phillip behielt Estelle ihren Harness an und begann sich anzukleiden. Zuerst den bereitliegenden Körperschmuck. Erstmal Schwanzring und Hodenspanner anlegen und danach folgten die Nippelschilde. Hierbei handelte es sich um wundervoll gearbeitete silberne Triskelen in keltischem Stil mit vergoldeten Intarsien. Sie zeigten in jedem Feld einen Buchstaben. Im unteren Feld die beiden Initialen PW als Eigentumsmerkmale für Phillip Winter. Als Estelle sich die herrlich gearbeiteten Stücke näher ansah, füllten sich ihre Augen mit Freudentränen. Dankbar sank sie auf die Knie, umschlang die Füße Phillips und dankte ihm überschwänglich für dieses wundervolle Geschenk und den Beweis seines Vertrauens in sie.

Phillip hob die Kniende hoch und küsste ihr die Tränen weg."Sschhh..., ssschhhh... gaaanz ruhig meine kleine Sklavin. Du darfst mir dadurch danken, dass du mir treu dienst."

Er nahm ihr die Nippelschilde aus den Händen und befestigte sie an Estelles Nippel. Als er die Nippelstifte in die vorgesehenen Halterungen der Schilde legte meinte er zu Estelle: "Hier werden wir dich noch ein wenig belastbarer machen müssen."

Dann zupfte er die Nippel noch ein wenig in die Länge und ließ sie wieder zurückschnellen, wobei Estelle ihr

Gesicht vor Schmerzen leicht verzog. Als Phillip das Klackern von Stöckelschuhen hörte, drehte er sich um, starrte Caro an und stieß einen anerkennenden Pfiff aus. Er wusste ja, dass sie in der bereitgelegten Kleidung gut aussehen würde. Aber so einen göttlichen Anblick hatte er weiß Gott nicht erwartet.

Vom Kinn abwärts war Caro in schwarzes Latex gekleidet. Der schwarze Latexbody mit hohen Beinausschnitten ließ Arme und Beine frei. Er saß wie angegossen, modellierte Caros Körper faltenfrei nach und präsentierte ihre exquisite Figur aufs trefflichste. Das eingearbeitete Taillenmieder betonte den Sanduhreffekt von Caros Figur. Die Unterarme wurden von schwarzen fingerfreien Handschuhen bis zu den Ellenbogen bedeckt. Caros lange, schlanke Beine steckten in etwas über kniehohen Stulpenstiefeln aus feinstem, geschwärztem Leder mit 10 cm hohen, nadelspitzen Absätzen. Um den Hals trug Caro ihr Collier mit einem großen Rubin, der der dezent auf das Tal zwischen ihren Titten hinwies. Die Manschetten an Hand- und Fußgelenken waren aus demselben Material gefertigt wie das Halsband. Ihre Lippen und Fingernägel spiegelten das Rot des Rubins wieder.

Durch Phillips Pfiff aufmerksam geworden, riskierte Estelle auch einen Blick auf Caro. Vor erstaunen fiel ihr die Kinnlade auf die Füße. Caro wirkte wie die selbstverständliche Herrin des Hauses, der sich alle unterzuordnen hatten. Wie von selbst glitt Estelle auf die Knie und stammelte überwältigt: "Herrin..."

"Schon gut Estelle" sagte Caro dabei die kniende hochziehend "zieh dich weiter an mein Kind."
Wie selbstverständlich kam der Satz aus Caros Mund

und Estelle nahm ihn genauso selbstverständlich hin. Als ob es für die beiden das natürlichste auf der ganzen Welt wäre, dass Caro die etwa gleichaltrige Frau "mein Kind" nannte.

Phillip stand daneben und staunte seine Caro an. So hatte er sie noch nicht erlebt, so ganz "Grande Dame". Dann erinnerte sich Phillip daran, dass er eigentlich Chef des ganzen war und nickte Estelle auffordernd zu. Die wandte sich nun wieder ihrer Kleidung zu. In Caro wallten kurz Neidgefühle auf als sie die kostbaren Nippelschilde auf Estelles Brüsten bemerkte. Wie gern hätte sie sich für ihren Herrn ähnlich geschmückt. Aber sie hatte ihren Körper an Phillip verschenkt und nun kein Recht mehr, ihn ohne seine Zustimmung zu verändern. Phillip, der Caros begehrlichen Blick bemerkt hatte und ihre Wünsche kannte, zog sie an sich und vertröstete sie mit leisen Worten, dass auch sie bald geschmückt werden würde.

Inzwischen hatte sich Estelle die Langschäfter angezogen und den Lendenschurz angelegt. Die Schäfte führten an der Außenseite der Schenkel bis zur Hüfte und endeten innen im Schritt. Der Schurz bedeckte gerade eben Estelles Geschlecht. Fehlte nur noch die Uniformjacke. Es war mehr eine Weste mit sehr kurzen Ärmelansätzen. Auf den Schulterstücken glänzten Phillips Triskelen. Estelle zog sich die auf ihren Körper gearbeitete Weste an.

"Wo hat er bloß diese exquisiten, passgenauen Stücke so schnell hergekriegt?" fragte sie sich.

Die bauchfreie Weste wurde mit drei Knebeln verschlossen. Die eingearbeiteten Körbchen stützten ihre

Brüste und schlossen mit den Nippelschilden ab. Die Westenschöße waren im Stresemannstil geschnitten und bedeckten Estelles Prachtarsch. Die Schöße waren so raffiniert geschnitten, dass sie aufschwangen, sobald sie sich bewegte, bückte oder setzte und gaben so den Blick auf Estelles Ficköffnungen frei. Der Ohrschmuck Estelles, ein auffälliges, tropfenförmiges Geschmeide aus blauen Saphiren rahmte ihr rassiges Gesicht. Das schicke Ballonkäppi auf ihrem Kopf gab ihr den letzten Schliff.

Was er sah, gefiel Phillip. Auch Caro war von der Aufmachung Estelles angetan. Phillip schlang seinen linken Arm um Caros schlanke Taille.

"Präsentiere dich!" befahl Phillip.

Estelle hob ihre Hände in den Nacken und stellte die Füße schulterbreit auseinander. Aufmerksam sah sie Phillip an. Der machte eine Drehbewegung mit dem Zeigefinger. Sofort drehte sich Estelle langsam im Kreis. Nach der zweiten Umdrehung durfte sie wieder stillstehen. Phillip nickte zufrieden.

"Sieht sie nicht hübsch aus?" fragte Phillip an Caro gewandt.

"Die Uniform steht ihr ausgezeichnet Herr" antwortete Caro und nickte bejahend dazu.

"Aber etwas fehlt ihr noch..." sinnierte Phillip und lächelte Caro an: "Entferne ihr das Bauchnabelpiercing"

Estelle brauchte ihre ganze Kraft und Erfahrung um sich zu beherrschen keinen Mucks von sich zu geben und ihre Gesichtsmuskeln unter Kontrolle zu halten. Trauer schlich sich in ihre Augen. Das Schmuckstück war ein Geschenk eines lieben Menschen und viele Erinnerungen hingen daran. Caro beeilte sich der Aufforderung Phillips nachzukommen. Schnell hatte sie das gute Stück entfernt. Phillip wusste um die Bedeutung des Schmuckstückes für Estelle, deshalb sagte er tröstend zu ihr:

"Ich weiß was dieses Stück für dich wert ist, doch meine Dienerinnen tragen nur meinen Schmuck. Ich will dich aber deiner Erinnerungen nicht berauben, deshalb nimm diesen Schmuck an dich und bewahre ihn gut auf. Caro wird dich nun mit einem anderen Stecker versehen."

Damit gab Phillip Caro ein etwa daumennagelgroßes, emailliertes Yin & Yang Medaillon. Es war mit etlichen Edelsteinen in allen Farben umrahmt. Darunter hing eine kleine Traube aus blauen Saphiren wie die Ohrgehänge. Caro ließ es sich nicht nehmen Estelle ein wenig zu streicheln und zu reizen, als sie das neue Piercing einsetzte. Dann nahm Caro das alte Stück aus Phillips Hand entgegen und drehte sich Estelle zu. Die hatte sich inzwischen mit gesenktem Kopf auf die Fersen gehockt und hielt ihre offenen Hände demütig in Augenhöhe nach vorn. Caro legte Estelles alten Stecker in die offen dargebotenen Hände und befahl der vor ihr hockenden:

"Bedanke dich bei deinem Herrn für die Gnade, die er dir erwiesen hat!"

Estelle bedankte sich überglücklich, stotternd, dass er ihr die Möglichkeit gab, ihre Erinnerung zu pflegen.

Freudentränen quollen dabei aus ihren Augen. Phillip befahl Estelle zu sich, nestelte an ihrem Halsband, nahm ihr dann den Stecker ab und legte ihn in das versteckte Fach. Dann verschloss er das Halsband wieder. Dabei hauchte er Estelle einen liebevollen Kuss auf die Lippen um ihr Make-Up nicht zu verwischen.

Er trat zurück: "So, genug gespielt. Wir wollen los. Estelle hol den gestreckten Wagen. Die Schlüssel findest du in der Garage."

Die angesprochene lief so schnell es ihr Schuhwerk zuließ, um den Befehl Phillips auszuführen. Als sie allein waren holte Phillip eine kleine Fernbedienung aus der Jackettasche und betätigte ein paar Tasten. Erschreckt bemerkte Caro, dass sich ihr Halsband und ihre Manschetten zusammenzogen und fest an ihren Körper schmiegten. Caro war endgültig in ihrer Kleidung gefangen. Es war ihr nicht mehr möglich sich ohne Gewalt aus ihrer Latexhülle zu befreien. Aber das wollte sie auch gar nicht. Das Bewusstsein, dass ihr Herr so viel Macht über ihren Körper hatte, ließ ihre Erregung steigen. Caros Nippel verhärteten sich und versuchten das anschmiegsame Material zu durchbohren. Tausende Ameisen kribbelten in ihrer Fotze, ließen ihre Lappen anschwellen und die Säfte fließen. Caro schaute ihren Herrn verliebt an und deute mit den Lippen ein "Ich liebe dich Herr" an.

Estelle erschien mit der Limousine vor dem Eingang. Phillip hielt Caro die Haustür auf und dann schritten sie Seite an Seite die Treppe hinab. Estelle war um den Wagen geeilt und hielt ihrer Herrschaft die Fond Tür auf. Mit der linken Hand hielt sie die Mütze vor der Brust. Phillip ließ Caro zuerst einsteigen und folgte ihr dann. Estelle schloss die Tür, setzte sich ihre Mütze auf und glitt hinter das Steuer des schweren Fahrzeugs.

"Dann man los. Ab ins Stadthaus" lautete Phillips Anweisung, als sie alle Platz genommen hatten. Estelle setzte den Maybach in Gang und schlug die Richtung nach Paderborn ein.

Kapitel 19

SKLAVE vs. SKLAVIN

Kaum hatten es sich Phillip und Caro auf ihren Sitzen bequem gemacht, saß Estelle schon angeschnallt hinter dem Steuer des Wagens und setzte ihn in Bewegung. Phillip fragte Estelle ob sie auch die Anweisungen für die Spezialbedienung des Wagens studiert hätte. Auf deren zustimmende Antwort hin, gab Phillip ihr die Anweisung sie jetzt auszuprobieren. Estelle genoss dieses neue Fahrgefühl. Gleichzeitig befiel sie aber auch ein gewisses Grausen bei dem Gedanken daran, was alles möglich wäre, würde ihr Meister seine Phantasie spielen lassen.

Sie malte sich aus verkabelt und mit Fotzensummern gefüllt den Nobelhobel zu steuern. Bei dem Gedanken daran, befiel sie ein Kribbeln in der Möse. Das schien ihre Hormonausschüttung zu verstärken. Eine unsägliche Neugier, ob ihr Herr sie so gefüllt fahren lassen würde, bemächtigte sich ihrer. Unbewusst stöhnte sie erwartungsvoll vor sich hin.

Nachdem Phillip seine Anweisungen erteilt hatte, wandte er sich Caro zu. Sein linker Arm umfasste sie und drehte sie ein wenig zu sich. Leicht und flüssig folgte Caro dem sanften Druck und sah Phillip an. Der strahlte sie liebevoll an und zauberte damit einen glücklichen Ausdruck auf Caros Gesicht, der sich auch in ihren Augen widerspiegelte. Sanft küsste er Caros Augen, dann die Nasenspitze um endlich Caros samtene Lippen zu erreichen. Schwer atmend genoss Caro diese Zärtlichkeiten Phillips. Langsam öffneten sich Caros Lippen unter dem sanften Druck von Phillips

Kuss. Seine Zunge eroberte vorsichtig den gewährten Freiraum und stieß an Caros Zähne. Langsam öffnete sie ihren Mund weiter und gab ihre Mundhöhle zur Erforschung durch die neugierige Zunge Phillips frei. Gerade als Caro im Tanz der Zungen aktiv werden wollte, beendete Phillip den Kuss. Sie seufzte enttäuscht auf. Phillip löste sich von ihr, hielt ihr Gesicht in seinen Händen und sah ihr wieder tief in die Augen.

"Schhht, mein Kätzchen, nur nicht ungeduldig werden. Ganz ruhig..." hauchte Phillip.

Er seufzte, atmete schwer und hauchte ihr wieder einen Kuss auf die leicht geöffneten Lippen. Phillip nahm den Augenkontakt wieder auf und flüsterte seiner geliebten Sklavin zu: "Meine kleine Caro, ...so zart, ...und doch so stark. Ich bin so stolz auf dich. ...Du hast alle Prüfungen mit Bravour bestanden..."

Caro schnüffelte überglücklich an Phillips Brust und presste sich an ihn als ob sie in ihn hineinkriechen wollte. Ihr Herz quoll über vor Glück und sie sonnte sich im Lob ihres Meisters. Phillip war über diese Hingabe Caros zutiefst gerührt. Er empfand in diesem Moment unendliche Liebe für Caro. Schweigend, in den Herzen verbunden, verbrachten sie die nächsten Minuten in inniger Zweisamkeit und genossen die Nähe des anderen. Dann wurde Caro unruhig. Sie wetzte ihren Schoß an Phillip. Die in ihr wabernde Glut, wurde durch Phillips Zärtlichkeit zu einem lodernden Feuer entfacht, welches unbedingt gelöscht werden musste.

Estelle die alles im Rückspiegel verfolgt hatte, musste Tränen der Rührung unterdrücken. Sie freute sich für Caro und wünschte, dass ihr dieses Glück ewig erhalten bliebe. Unbewusst entwich ihr ein Seufzer und sie wünschte für sich, dass ihr ähnliches widerfahren möge. Im nächsten Augenblick ohrfeigte sie sich in Gedanken selbst und nannte sich eine Närrin. Mit diesem Gedanken konzentrierte sie sich wieder auf den Straßenverkehr, der zurzeit recht ruhig verlief.

Während Estelle souverän den Wagen fuhr, hatte Phillip bei Caro zwei verborgene Zipper betätigt und Caros Titten ins Freie geholt. Er spielte intensiv mit den Krönchen auf den Lusthügeln. Als die Nippel richtig hart und prall hervorstanden, ließ Phillip jeweils eine Klemme an den empfindlichen Teilen zuschnappen. Caro sog scharf die Luft zwischen den Zähnen ein, um nicht laut aufzuschreien. Der Anfangsschmerz wich einem dumpfen Ziehen, welches sich bis in Caros Möse fortpflanzte. Das anfängliche Ameisenkribbeln wandelte sich zu einem Bienenschwarm. Caros Möse kochte und schrie verzweifelt danach gestopft zu werden. Unruhig und lustvoll stöhnend, wand sich Caro auf ihrem Sitz. Sie hob ihr Becken Phillip entgegen, der ihre Signale im Moment jedoch nicht beachtete, sondern gierig ihre Nippel saugte und massierte. Caro bewegte sich immer heftiger in Phillips Armen. Endlich griff er in Caros Schoß und legte ihre fett geschwollenen Mösenlappen frei. Sie glänzten von Caros Lustschleim.

Estelle am Steuer konnte die Aktivitäten der Passagiere im Fond des Luxusfahrzeugs im Rückspiegel gut verfolgen. Die lustvolle Tätigkeit der Beiden brachte ihr Blut in Wallung. Aus ihrem Schwanz traten die ersten Lusttropfen aus und ihre Möse sonderte Geilschleim ab. Ihr spezieller Duft wurde von der Klimaanlage im Wageninneren verteilt. Am liebsten hätte Estelle mitgespielt. Mit äußerster Disziplin zwang sie sich auf den

Straßenverkehr zu achten und nur noch ab und zu einen Blick in den Rückspiegel zu riskieren.

Phillip hatte Estelles Kampf mit sich selbst beobachtet. Sehr zufrieden mit ihrer Reaktion, machte er sich eine Gedankennotiz, sie später zu belohnen. Caro war inzwischen nur noch ein Bündel hemmungsloser Lust und wartete zitternd auf ihre Erlösung. Estelles geiler Geruch vermengte sich mit ihrem eigenen. Sie kletterte auf Gipfel die sie nie für möglich gehalten hätte. Auch Phillip erlag dem stimulierenden Aroma der beiden Sklavinnen. Sein Riemen spannte in der wie üblich weit geschnittenen Hose und verlangte energisch nach Befreiung. Er befahl Caro seinen Fickriemen rauszuholen und sanft mit ihm zu spielen. Phillip griff nach einem Hebel und betätigte ihn. Caro sah mit offenem Mund, was vor ihren Augen geschah.

Die Bank vor ihnen teilte sich und eine Art Fickbock schob sich heraus. Das war sicher keine Sonderausstattung der Daimler AG. Caro musste sich auf Geheiß Phillips darauflegen. Kaum hatte sie sich richtig positioniert, schnappten Schellen um ihre Unterschenkel und fixierten sie. Ein breiter Riemen um Caros Taille verhinderte ein weiteres bewegen. Blitzschnell befestigte Phillip zwei Ketten an Caros Nippelklammern und hakte sie in zwei Ösen am Fuß des Bockes. Phillips fickbereiter Prügel glänzte nass von seiner Vorfreude. Sein herber männlicher Duft mischte sich mit dem der Frauen und erzeugte eine schwüle erotische Atmosphäre. Keiner der drei Fahrzeuginsassen konnte sich dem entziehen und wollte es auch nicht. Ihre Geilheit wurde weiter angeheizt.

Estelle rutschte unruhig auf ihrem Sitz hin und her. Sie

seufzte sehnsuchtsvoll und hoffte ihren Herrn zu erweichen. Der hatte jetzt aber alle seine Sinne auf das Lustobjekt vor ihm gerichtet. Das wackelte aufreizend mit ihrem Prachtarsch. Phillip brachte den Bock mit der darauf liegenden Caro in die richtige Position. Ihre beiden geilen Ficklöcher waren nun ganz dicht vor seiner nass glänzenden Eichel. Er klatschte Caro mit beiden Händen ein paar Mal auf den Hintern und befahl ihr dass sie sich selbst aufspießen sollte.

Als Caro ihr Gesäß nach hinten bewegte, fädelte Phillip in ihre triefende Fotze ein. Caro spürte bei jeder Fickbewegung den Zug, den die Ketten auf ihre Nippel ausübten. Der leichte Schmerz vermengte sich mit ihrer Lust und ließ Caro schon wieder die höchsten Gipfel stürmen. Sie überrollte Phillip förmlich mit ihrer ungestümen Stoßerei. Phillip packte ihre Hüften und zwang sie zu einem für ihn angenehmen Rhythmus. Widerwillig beugte sich Caro dem Diktat ihres Herrn. Phillip nahm die Nässe ihrer triefenden Fotze auf und massierte sie in Caros Rosette ein. Er wiederholte dies mehrfach bevor er nun den Eingang wechselte und seinen schleimig glänzenden Fickbolzen in Caros Hinterstübchen schob. Caro stöhnte lustvoll auf. Sie genoss einen guten Arschfick genauso sehr wie einen anständigen Fotzenfick. Und beides beherrschte ihr Herr meisterlich. Caro wackelte fordernd mit ihrem Arsch um Phillip zu einer schärferen Gangart aufzureizen.

"Nun darfst du loslegen meine wilde Stute" murmelte Phillip.

Gleichzeitig schob er einen brummenden Fotzensummer mit Klitstimulator in Caros aufnahmebereite Möse. Mit einem wilden Schrei der Erleichterung bockte Caro ohne Rücksicht auf Verluste los. Das Zerren der Ketten an ihren Nippeln wurde durch die wilden Schwingungen von Caros schweren Titten noch verstärkt. Die dadurch entstehenden Lustschmerzen veranlassten Caro den Takt und die Geschwindigkeit ihrer Stöße zu steigern. Immer ekstatischer hämmerte sie sich auf Phillips Fickbolzen. Es klatschte und schmatzte unanständig, wenn ihr nasses, geschwollenes Fickfleisch auf Phillips Unterleib knallte. Beide stöhnten in ekstatischer Wollust.

Estelle am Steuer konnte sich fast nicht mehr auf den Verkehr konzentrieren, so sehr nahm sie das Schauspiel der Beiden gefangen. Als sie eine Hand vom Steuer nahm um ihre Titten zu walken, piepte es plötzlich durchdringend und Estelle bekam einen elektrischen Schlag. Blitzschnell hatte sie wieder beide Hände am Steuer und konnte so gerade eben ein Verkehrsunfall verhindern. Schreckensbleich und schweißnass konzentrierte sie sich wieder auf den Straßenverkehr. Estelle befürchtete, nicht zu Unrecht wie sich später herausstellen sollte, bestraft zu werden.

Phillip flüsterte Caro seine Erlaubnis ins Ohr, dass sie so heute viele Orgasmen haben dürfe wie sie wolle. Sie dürfe sich aber nur nicht selbst die Höhepunkte verschaffen. Mehr als die gehauchte Erlaubnis Phillips brauchte es nicht um Caros Lust fliegen zu lassen. Caro ging ab wie eine Rakete. Ihr Körper spannte sich in den Gurten. Phillips Schwanz wurde wie von einem Schraubstock festgehalten, so umklammerten Caros Schließmuskel sein Rohr. Dann schlaffte ihr Körper ab, aber Phillips Schwanz blieb weiterhin in der Umklammerung von Caros Lustkanal. Mit einem Seufzer entspannte sich Caro und lag wie ein Haufen alter Putzlumpen auf dem Bock. Phillip, der schon um seinen kleinen Winter fürchtete, flutschte erleichtert aus der nachlassenden Umklammerung. Ein zäher Klumpen seiner Sacksahne folgte dem schlappwerdenden Pimmel nach draußen. Caros Möse spie den Fotzensummer mit einem Schwall ihres Liebesnektars aus. Dumpf polterte der Mösenstopfer zu Boden. Phillip nahm es gelassen hin. Die Sauerei konnte Estelle später beseitigen.

Phillip umschlang Caro, kuschelte sich ein wenig an sie und nahm ihr dann die Nippelklemmen ab. Caro stöhnte kurz auf als die Schmerzen, verursacht durch das einschießende Blut, einsetzten. Phillip befreite Caro vom Bock und zog sie wieder zu sich auf die Rückbank. Sofort umschlangen sich die Liebenden und verfielen in eine hemmungslose Knutscherei. Als sie sich erschöpft und nach Atem ringend voneinander lösten, hatten sie ihr Ziel fast erreicht. Schnell kniete sich Caro vor Phillip, saugte seinen Schwanz in ihren Mund und säuberte ihn. Nach erfolgreicher Tätigkeit verpackte sie Phillips bestes Stück wieder in seiner Hose und setzte sich neben ihn.

"Behalte meine Saat in dir. Die neue Sklavin soll dich reinigen."

"Wie du wünscht mein Herr" antwortete Caro sofort und freute sich schon auf Tanjas gekonntes Zungenspiel.

Sie konnte allerdings nicht ahnen, dass es bis dahin noch ein Weilchen dauern würde. Währenddessen lenkte Estelle die schwere Limousine vorsichtig in die Einfahrt um das Luxusgefährt vor dem Eingang zu parken. Als der Wagen hielt, sprang Estelle aus dem Fahrzeug und hielt ihrer Herrschaft die Tür auf. Phillip und Caro betraten das Haus, gingen hoch und verschwanden in Caros ehemaliger Wohnung.

Estelle begutachtete ihr neues Heim, nachdem sie den Wagen neben dem Haus abgestellt hatte. Hier würde sie sich Wohlfühlen. Diese Wohnung war sehr viel geräumiger und großzügiger geschnitten als ihre alte Dreizimmerwohnung. Außerdem bestand eine direkte Verbindung zu ihrem Glaskasten von dem aus sie den gesamten Bereich überblicken konnte. Sie inspizierte ihren zukünftigen Arbeitsplatz, besah sich die Wohnungen und den Hof und fragte sich, was für Überraschungen in ihrem Dienst für Meister Winter wohl auf sie warten mochten. Estelle sah auf die Uhr und stellte fest, dass es an der Zeit war ihren Platz einzunehmen. Nun wartete sie auf ihre erste Aufgabe im neuen Domizil.

Caro und Phillip standen in einer Art Vorhalle. Auch hier roch es wie im ganzen Haus nach frischer Farbe. Die Architektin hatte schnelle und gute Arbeit abgeliefert. Die Umbauten waren voll und ganz Phillips Wünschen entsprechend vorgenommen worden. Sie gingen durch die Wohnung und Caro erkannte sie nicht wieder. Aber es gefiel ihr, was Phillip daraus hatte machen lassen. Sie schmiegte sich verliebt an Phillip und blickte ihn mit einem rätselhaften Ausdruck an. Phillip fühlte sich an eine Katze erinnert: bittend und zugleich fordernd! Es schien ihm so als ob sein Kosename "Kätzchen" für Caro völlig natürlich wäre.

Phillip presste sie an sich und flüsterte etwas in ihr Ohr. Sie schaute ihn glücklich lächelnd an und ließ sich auf die breite Couch fallen. Phillip ging vor ihr auf die Knie und spreizte ihre Beine weit auseinander. Der betörende weibliche Geruch einer hitzigen, vor Lust vergehenden Frau empfing Phillip. Tief atmete Phillip dieses spezielle Aroma Caros ein.

Dann presste er sein Gesicht zwischen die gespreizten Schenkel und begann mit breiter Zunge ihre brünstige Fotze zu lecken und ihre Säfte auszuschlürfen. Phillip ließ seine Zunge jede Falte ihres Geschlechtes erkunden. Drang mit spitzer Zunge in ihre Tiefen ein und begann sie zu ficken. Dann wechselte er wieder und seine Zunge bearbeitete ihre gekräuselten Lippen, glitt über den Damm zur Rosette und kehrte zum Ausgangspunkt zurück. Phillip schluckte jeden Tropfen ihres köstlichen Nektars. Dann saugte er Caros innere Lippen in seinen Mund und kaute zärtlich darauf herum. Caro wurde ganz wuschig. Sie wollte endlich Phillips Lippen und Zunge an ihrem keck unter seinem Häubchen hervorlugenden Lustknubbel spüren.

"Ooohhhjaahhh, ...meeehhhr, ...bbiiiittteeee..."

Doch diesen Gefallen tat ihr Phillip noch nicht. Sanft umkreiste er mit seiner Zunge ihre senkrechten Lippen, ohne dem nach Aufmerksamkeit verlangenden Kitzler Beachtung zu schenken. Dieses Spiel ging so ein paar Minuten, dann endlich presste Phillip sein saftverschmiertes Gesicht über den pochenden Lustknubbel. Seine Lippen öffneten sich und gaben den Weg frei. Er sog Caros Kitzler in den Mund und begann ihn ausgiebig zu verwöhnen. Es war für Phillip immer wieder ein unglaublich geiles Gefühl, den prallen Kitzler seiner wollüstigen Caro im Mund zu haben, ihr eine unendliche Lust zu verschaffen und ihre Hingabe zu spüren.

"Oooouuuuwwwww, ...jjaaaahhhhhaa, ...mmeeehhhr, ...härter, ...sssoooo ...jjaaaahhhh!" war Caros Feedback. Sie bockte wild dem saugenden Mund entgegen.

"Jaaahhhaaaa, ...ssooohhooo..."

Phillips Zunge drang immer wieder fordernd in die Tiefen ihres Geschlechtes ein um sich dann wieder besonders intensiv dem zuckenden Kitzler zu widmen. Phillips Mund und Zunge kümmerten sich nur noch um den pochenden Kitzler und verschafften Caro höchste Glücksgefühle, welche durch drei Finger Phillips in ihrer überlaufenden Fotze verstärkt wurden.

"Ooohhhjaahhh, ...tiiieeeffeeeer, ...häärrterr... ssooo... iiisssttt... guuuttt..." stöhnte Caro Anweisungen hervor.

Und wieder einmal fragte Phillip sich, wer hier eigentlich wen beherrschte. Doch er sah darüber hinweg. Immer stärker saugte Phillips Mund, seine Zunge peitschte den Kitzler und immer fordernder fickten Phillips Finger Caros überkochende Möse. Caro stieg in ungeahnte Höhen der Lust und entlud sich schließlich laut schreiend in einem Wahnsinnsorgasmus.

"Oooouuuuwwwww, ...jjaaaahhhhhaa, ...Maaarrttsssttteeeerr! ... ...Iiich ... kooooommmmeeee-eee..." gurgelnd erstarb Caros Stimme und sie versank in den Wogen der Wonne.

Gerade eben hatte sie die Kurve bekommen um ihren Herrn nicht mit seinem Namen zu nennen. Aber das hatte ihr Unterbewusstsein gesteuert. Genauso wie sie die Arschbacken zusammen gekniffen hatte um die Saat ihres Meisters nicht zu verlieren. Sie hatte damit

Phillips ungeteilte Bewunderung erlangt. Er hatte nicht geglaubt, dass sie es schaffen würde. Phillip schloss Caros Body wieder im Schritt. Sein Schwanz pochte hart in der Hose. Es hatte ihn alle Selbstbeherrschung gekostet sich nicht auf Caro zu stürzen und sie hemmungslos zu ficken. Mühsam bekam er sich wieder unter Kontrolle und sein Wonneprügel schwoll ein wenig ab.

Nachdem Caro wieder zu sich gekommen war, führte er sie ins Bad. Dankbar ließ Caro sich von ihm leiten. Sie standen vor einem der beiden Doppelwaschbecken. Caro wollte sich gerade ihre frisch fingergefickte Möse freilegen, als Phillip sie daran hinderte. Er befahl ihr sich nur im Gesicht ein wenig frisch zu machen. Die restliche Reinigung sollte sie der Zofe Tanja zu überlassen. Als er zu einem Waschlappen griff um sich das Gesicht zu säubern, griff Caro zum Schwamm und meinte es sei Aufgabe der Sklavin ihren Herrn zu reinigen. Sie bat Phillip um die Erlaubnis ihre Pflicht tun zu dürfen. Selbstverständlich hatte Phillip nichts dagegen.

Caro zog Phillips Kopf ein wenig zu sich herab und begann sein Gesicht mit vielen zarten Küssen zu bedecken. Gleichzeitig schleckte sie ihren Mösensaft von seiner Haut. Caro presste ihre Brüste gegen Phillip und heizte ihm mächtig ein. Ihr Schoß rotierte und Phillips Männlichkeit begann sich schon wieder zu erheben. Mit einem "Tsk, tsk" gebot er Caro Einhalt und sie bemühte sich nun ernsthaft um die Säuberung ihres Herrn von ihren Säften. Nachdem sie zuletzt mit einem Schwamm das Gesicht gewaschen hatte, nahm sie ein flauschiges Frotteetuch und trocknete sein Gesicht.

Danach begaben sie sich ins Wohnzimmer, das eher

einem kleinen Thronsaal glich. Ein pompöser, aber dennoch bequemer, Ledersessel stand auf einem dicken flauschigen Teppich und harrte auf den Herrn des Hauses. Die "Inneren Werte" des Sessels würden seine Benutzer noch kennen lernen!

Links und rechts des Thronsessels, etwas zurückgesetzt, entlang der Stirnwand waren je zwei ausreichend bequeme Sitzgelegenheiten aufgestellt. Phillip nahm im Thronsessel Platz und fläzte sich hinein. Caro stand abwartend vor ihm. Er winkte sie heran. Dann zauberte ein Sitzpolster aus den Tiefen seines Thrones hervor und gab es ihr. Caro kniete sich vor dem Sessel neben Phillips rechtes Knie, nachdem Phillip eine filigrane Kette in Caros Collier eingehängt hatte. Es handelte sich dabei um ein Meisterwerk der Goldschmiedekunst. Für einen Außenstehenden musste es so aussehen, als ob ein Herr seinen Hund bei sich hatte. Verstohlen strich Caros Hand über die feingliedrige Kette. Für sie fühlte es sich richtig an, so nah bei und ihrem Meister verbunden zu sein.

Phillip sah auf seine Uhr. Noch wenige Minuten, dann sollte das Spektakel losgehen. Nervös kontrollierte Phillip zum x-ten Mal, ob er die Fernbedienung des Throns griffbereit liegen hatte. Er versuchte sich seine Nervosität zu erklären. Vermutlich lag es daran, dass er selbst in eine seiner Prognosen verwickelt war. Schließlich würde er der Meister von Tanja werden, auch wenn ihre Zuneigung zu Caro sicherlich größer wäre, schließlich hatten die beiden ja ein ganzes Wochenende miteinander gespielt. Phillip fragte sich ob er eifersüchtig sei. Er beantwortete diese Frage für sich mit einem ganz klaren NEIN. Er liebte Caro und konnte sich ihrer Liebe zu ihm sicher sein, wenn er sie so vor sich sah. Aber er musste sich ihrer Liebe und ihres Vertrauens immer wieder als würdig erweisen. Das war ihm klar.

Phillip drückte ein paar Knöpfe auf der Fernbedienung und die Sitzfläche des Sessels vergrößerte sich. Caro hörte ein leises Summen, blickte sich aber nicht um, obwohl die Neugierde sie plagte. Phillip lächelte zufrieden vor sich hin. Caro verhielt sich genau richtig und das gefiel ihm. Er zog kurz an der Kette und sagte:

"komm" worauf sich Caro umdrehte und erstaunt auf das veränderte Möbelstück blickte. Sanft zog Phillip noch einmal an der Kette worauf Caro auf die freie Fläche neben Phillip krabbelte. Mit der lässigen Geschmeidigkeit einer zufriedenen Katze, schmiegte Caro sich an Phillip und sah ihn strahlend an. Er lächelte sie an und hauchte:

"Ich liebe dich mein Kätzchen."

Als Antwort legte Caro ihre Arme um Phillip und presste sich noch fester an ihn. Phillip ließ seine rechte Hand auf Wanderschaft gehen und streichelte den in Latex gehüllten Körper Caros. Mit der anderen Hand schaltete Phillip den Monitor an. Nun konnten sie das Geschehen im Eingangsbereich verfolgen. Jeden Moment musste Tanja eintreffen. Phillip als auch Caro waren gespannt wie ein Flitzebogen, wie sich Tanja verhalten würde. Unabhängig davon genoss Caro die Streicheleinheiten Phillips. Sie fühlte sich rundum pudelwohl in seiner Nähe. Die sanften Berührungen seiner Fingerspitzen wurden durch das Latex noch verstärkt. In Caros Bauch erhoben sich schon wieder die Schmetterlinge. Ihre Möse schwamm schon wieder in ihren eigenen Säften. Sehnsuchtsvoll wand sich Caros Körper unter Phillips kosender Hand. Erwartungsvoll blickte sie Phillip mit leicht geöffneten, feucht glänzenden Lippen an. Der Monitor interessierte sie schon längst nicht mehr.

Estelle saß in ihrem Glaskasten. Sie konnte die Eingangshalle komplett überblicken. Was außerhalb des Hauses Vorging, konnte sie auf Bildschirmen beobachten oder direkt aus dem nach vorn herausgezogenen Erker. Ein wenig kam sie sich vor wie auf dem Kommandostand eines Schiffes. Sie kontrollierte noch einmal alles, bemerkte das rote Kontrolllämpchen und wusste, dass Ihr Meister sie beobachtete. Estelle bewegte sich zum Fenster, das ihr den Blick auf den Eingangsbereich gestattete und sah Richtung Einfahrt. Noch war niemand zu sehen. Aber der Besucher hatte noch wenige Minuten Zeit bis er klingeln sollte.

Abwesend ruhten Phillips Augen auf dem Monitor während er mit allen Sinnen auf Caro konzentriert war. Längst hatte er Caros pralle Wonnehügel freigelegt und knetete dieses wunderbare, feste und doch so weiche, nachgiebige Fleisch. Caro war längst in andere Gefilde versunken und gab sich ihrer Lust hin. Sobald sich Caro ihrem Gipfel näherte, schnipste Phillip mit den Fingern gegen die hart aufragenden Nippel und Caro musste den Gipfelsturm von neuem beginnen.

Auf einmal verharrte Phillip in seinen Bewegungen und starrte gebannt auf den Bildschirm. Tanja betrat die Vortreppe und suchte die nicht vorhandenen Namensschilder der Bewohner. Caro spürte die Veränderung in Phillips Verhalten und wandte den Blick träge gen Bildschirm. Langsam aus ihren Lustgefilden auftauchend, verfolgte auch sie das Geschehen auf dem Bildschirm mit zunehmendem Interesse...

Tanja stand vor dem Eingang des Hauses. Ihr Blick suchte vergebens ein Namensschild oder einen Hinweis auf Caros Anwesenheit. Ratlos zuckte sie mit den Schultern, trat ein paar Schritte zurück um die Hausnummer zu überprüfen. Diese war richtig. Als sie das erste Mal mit Caro hier war, war es schon ziemlich dunkel und außerdem befand sie sich in einem euphorisierten Zustand, der es ihr unmöglich gemacht hatte, irgendetwas außer Caros Nähe wahrzunehmen. Achselzuckend betätigte Tanja die Klingel.

Estelle beobachtete amüsiert Tanjas Vorstellung. Ihr gefiel die junge Frau in dem leichten, hochgeschlossenen Sommermantel. Ab Mitte der Oberschenkel konnte Estelle kräftige, schlanke Beine bewundern. Die Nähte ihrer Nylons waren wie mit der Schnur gezogen. Ihre Füße steckten in 10 cm hohen schlichten Pumps. Das lange dunkle Haar umrahmte Tanjas apartes, nur wenig geschminktes Gesicht. "Ein lecker Schmecker Happen" dachte Estelle und konnte sich Tanja in ihren Armen gut vorstellen. Eiligst rief sie sich zur Ordnung und widmete sich wieder ihrer eigentlichen Aufgabe. Sie wartete darauf, dass Tanja klingelte, sich auszog und dann die Augenbinde anlegte.

Nervös sah Tanja auf die Uhr. Gott, sie war ja viel zu früh dran. Na, ja drei Minuten kann man eigentlich nicht zu viel nennen, aber wenn man die warten musste... Ungeduldig sah Tanja immer wieder auf ihre Armbanduhr. Endlich! 19:30 Uhr. Tanja holte eine Schlafmaske aus der Manteltasche, klingelte und legte dann ihren Mantel ab. Darunter war sie vollkommen nackt.

Das war ein toller Anblick. Sorgfältig faltete sie den Mantel zusammen und legte ihn auf den Boden neben sich. Tanja richtete sich auf und legte die Maske an. Nun stand sie nackt und blind vor einem fremden Haus und wusste nicht was nun passieren sollte. Wilde Gedanken tobten durch ihren Kopf. In ihrer Vorstellung wurde sie gerade von einer Horde Männern überfallen und zu einem Gang Bang gezwungen!

Lange hatte Tanja mit sich gerungen, ob sie sich auf dieses Abenteuer einlassen sollte oder nicht. Für sie würde sich ihr Leben grundsätzlich ändern. Sie würde zumindest zwei Herren dienen müssen. Einmal Caro als deren Zofe und dann ihrem Meister Winter, der in allem das letzte Wort hatte. Es hatte ihr gefallen, das Wochenende mit Caro. Willenloses Spielzeug einer Herrin zu sein und endlich ihre unvorstellbare Lust gestillt zu bekommen. Das war schon heiß! Und auch der Meister hatte ihr letztlich imponiert. Nicht so durch seine Physis, aber durch seine ungeheure Ausstrahlung auf sie. Ihr konnte sie sich nur schwer entziehen. Die Behandlung die er ihr angedeihen ließ, hatte sie dermaßen erregt und gefallen, sodass es sie schließlich doch bewogen hatte das Angebot von Meister Winter anzunehmen.

Still stand Tanja vor der Tür. Ihre Sinne waren angespannt. Nichts passierte. Ihre innere Unruhe nahm zu. Kurz bevor die Panik zuschlug, hörte Tanja ein feines Klicken als ob eine Tür geöffnet wurde. Erleichtert atmete Tanja auf. Endlich passierte was. Sie hatte gar nicht gemerkt, dass sie vor lauter Anspannung den Atem angehalten hatte.

Doch dann machte Tanja förmlich einen Satz Rückwärts als sie von einer eindeutig fremden, weiblichen Stimme angesprochen wurde: "Sie wünschen? Haben sie einen Termin?

Verzweifelt pumpte Tanja Luft in ihre Lungen um dann doch piepsig und verwirrt hervorzubringen:

"I... i... ich wollte zu... Caro, ääähhh Herrin? ... Caro? ...O ... ooder zu Mmeister Winter?"

Ungeduldig, wie ihre Rolle vorschrieb, raunzte Estelle die verschüchterte an:

"Ja was denn nun? Zu Madame Caro oder zu Meister Winter? Antworte bitte! Ich habe nicht den ganzen Abend Zeit."

"Zu Meister Winter bitte" antwortete Tanja und dachte bei sich "Blöde Frage du dummes Mannsweib... Ich steh hier nackt im Flur..."

"Na also. Das geht ja doch" kam es nun wesentlich freundlicher von Estelle. Sie nahm Tanja am Arm und führte sie ins Haus. "Warte hier" und holte den Mantel herein. Dann schloss sie sorgfältig die Tür. Estelle umkreiste die verschüchterte Tanja einmal und befahl ihr dann:

"Präsentiere dich!" kam Estelles Befehl. Schnell nahm Tanja die geforderte Position ein. "Was wurde dir befohlen wie du hier zu erscheinen hast?" bellte Estelle unvermittelt los.

"Ich sollte mich nur in Schuhen und Strümpfen zeigen" murmelte Tanja verschüchtert.

"Sprich das nächste Mal lauter, damit ich dich gut verstehen kann" grollte Estelle gewollt ärgerlich. "Also ich höre."

"Ich sollte mich nur in Schuhen und Strümpfen zeigen" rief Tanja nun laut.

"Du kannst ja doch wie eine vernünftige Sklavin sprechen. Und warum tust du nicht was dir aufgetragen wurde?" Damit ergriff sie Tanjas Nippel und presste sie erbarmungslos zusammen.

Tanja knickte ein wenig ein und konnte nur unter größter Willenskraft einen Schmerzensschrei unterdrücken. Scharf zog sie die Luft zwischen den Zähnen ein. Keuchend presste sie die Luft ein und aus. Tränen rannen ihr Gesicht herab. Langsam richtete sie sich unter Schmerzen auf, bis sie wieder ihre Position eingenommen hatte.

Mit den Worten: "Weißt du warum du bestraft wurdest?" entließ Estelle die gequälten Nippel aus ihrem unbarmherzigen Griff. "Denk gut nach."

Angstvoll schüttelte Tanja mit dem Kopf.

"Ich glaube ich muss dir noch ein wenig nachhelfen, oder was meinst du?"

Verzweifelt schüttelte Tanja abermals den Kopf. Dann dämmerte es ihr und schrie in höchster Not:

"Die Uhr! Diiieee Uuuuhhhhr! Ich habe die Uhr nicht abgenommen!" Als sie wieder etwas zu Atem gekommen war bat Tanja dann:

"Herrin, bitte erlaubt mir die Uhr abzunehmen."

"Bleib so, ich helfe dir" damit nahm Estelle Tanja die Uhr ab.

Dabei sog Estelle tief den weiblichen Duft Tanjas ein, wandte sich ab und legte die Uhr auf den Mantel. Dann ging sie zu Tanja und führte sie ins Bad ihrer Wohnung. Dort nahm sie Tanja die tränengetränkte Maske ab und wusch ihr zärtlich das Gesicht. Estelle konnte nicht widerstehen und küsste Tanja sanft auf den Mund um sie zu schmecken. Dann liebkoste Estelle mit ihren Lippen der regungslos stehenden Tanja die zuvor arg strapazierten Nippel. Tanja hatte es noch gar nicht mitgekriegt wie sehr sie das bisherige Geschehen aufgegeilt hatte. Aber Estelle konnte diesen unvergleichlichen Duft einer willigen Fotze riechen. Sie wurde schon wieder geil und musste sich beherrschen um ihrer Aufgabe nachzukommen. Schnell schob sie Tanja von sich und brachte diese zum Fahrstuhl. Estelle konnte nicht widerstehen und nahm schnell eine Kostprobe von Tanjas Fotzennektar auf ihre Finger und schleckte sie mit Genuss ab.

"Mmmmhhh! Du schmeckst gut Kleine."

Da wurde Tanja erst ihre eigene Geilheit bewusst. Schlagartig bekam sie einen roten Kopf. Sie schämte sich dafür, dass sie sich vor einer Fremden so weit hatte gehen lassen. Krampfhaft starrte sie auf den Boden vor sich und wartete ab, was weiter geschehen würde.

"Burschikos" meinte Estelle zu ihrer neuen Gefährtin:

"Kopf hoch Schwester, mit deiner Geilheit passt du gut

zu uns." Nun wandelte sich Tanjas Ausdruck in pures Erstaunen. Dieses, in ein Nichts von einer Uniform gekleidete, Miststück gehörte auch zu ihnen? Das konnte ja was werden...

Bevor sie ausfallend werden konnte, rief sich Tanja zur Ordnung. Ihr gegenüber hatte sie sicherlich nur auf Anordnung ihres zukünftigen Meisters so gehandelt. Mit dieser Erkenntnis konnte Tanja ihr Erlebnis mit Estelle richtig einordnen. Leise wispernd fragte sie ihre Gefährtin nach dem Namen. Estelle gab ihr bereitwillig Auskunft. Estelle legte den Finger auf die Lippen und deutete Tanja damit an, nicht mehr zu sprechen.

"Komm mit. Ich bringe dich jetzt zu unserem Meister" sagte sie und führte Tanja zum Fahrstuhl.

Dort betätigte sie einen Schalter, welcher nur mit dem Schlüssel, den Estelle in der Hand hielt, betätigt werden konnte. Schnell gab sie Tanja noch ein paar Instruktionen. Der Lift sauste nach oben und öffnete sich zum Vorraum von Caros ehemaliger Wohnung. Sie sollte künftig als Stadtwohnung für Phillip und seine Dienerinnen zur Verfügung stehen. Estelle konnte so bequemerweise als verlängerter Arm ihres Herrn dienen, wenn seine Mädels in der Stadt residieren würden.

Estelle schluckte erstaunt als sie Tanja vor ihren Herrn führte. Diesen Anblick hatte sie nicht erwartet. Lasziv räkelte und rieb sich Caro an ihrem Herrn. Tanja blickte verschreckt zu Boden als sie die in Latex gehüllte Caro sich um ihren Herrn schlängeln sah. Estelle hatte sich dank ihrer Routine nichts anmerken lassen und knickste so wie sie es Zita abgesehen hatte. Phillip gefiel dies und er beschloss, dass alle seine Sklavinnen in

Zukunft diesen Knicks beherrschen müssen. Auf einen Seitenhieb Estelles hin, sank Tanja auf den Boden in die Demutshaltung. Estelle stellte Tanja formvollendet vor und verließ den Raum um ihren Posten wieder einzunehmen.

Phillip forderte Tanja auf ihre Bitte zu äußern.

"Herr, ich bitte euch, nehmt diese Sklavin zu eigen. Ich unterwerfe mich euch vollständig mit Haut und Haar. Körper, Geist und Seele sollen euch gehören um damit zu machen was immer euch beliebt. Erlaubt mir eurer Sklavin Nummer eins zu dienen, ihr eine treue Zofe zu sein und ihr zu gehören, wenn sie mich will. Meine Loyalität wird ihr, genauso wie euch gehören."

"Sklavin Tanja wende dich an deine zukünftige Herrin und frage sie ob sie dich in ihre Obhut nehmen will."

"Danke Herr" erwiderte Tanja und blickte nun Caro an.

"Herrin ich bitte um die Gnade euch dienen zu dürfen. Ich gehöre euch mit allem was ich bin. Ich will euch treu ergeben sein und all eure Wünsche erfüllen."

"Bedenke wohl" begann Caro, "wenn wir dich erst einmal als unsere Dienerin akzeptiert haben, wirst du keine Rechte mehr haben, uns bedingungslos gehorchen, für kleinste Fehler und bei Nichteinhaltung unserer Vorgaben bestraft werden. Im Gegenzug wirst du von uns mit allem was du zum Leben brauchst versorgt werden. Auch für deine Gesundheit werden wir Sorge tragen. Es steht uns frei dich mit Körperschmuck zu versehen" Caro holte Luft und sprach weiter "ansonsten wird dir körperliche und seelische Unversehrtheit garantiert. Wenn du damit einverstanden bist, will ich dich gerne als meine persönliche Zofe aufnehmen sofern unser Herr seine Zustimmung gibt" gab Caro den Ball an Phillip zurück.

Tanja drehte sich auf ihren Knien wieder in Phillips Richtung und sah ihn erwartungsvoll an.

"Nun?" Phillip sah sie auffordernd an.

Stolz blickte sie Phillip in die Augen: "Herr, ich übergebe euch alle meine Rechte und meine Person in eure Hände. Ich werde mit Stolz die Zeichen, die mich als euren Besitz ausweisen, tragen. Lasst mich eure Sklavin sein."

Phillip sah Tanja zwingend in die Augen, bis diese den Blick senkte. Ein gutes Zeichen wie er fand. Caro räkelte sich zwar immer noch genüsslich in Phillip Schoß, verfolgte jedoch aufmerksam die Szene. Tanja wurde durch den Anblick der sich lasziv räkelnden Caro immer wieder abgelenkt. Es fiel ihr schwer sich auf Phillip zu konzentrieren. Endlich schaffte sie es die erotische Vorstellung Caros auszublenden. Phillip bemerkte die Veränderung in Tanjas Verhalten wohlwollend.

"Nachdem du es geschafft hast dich auf das wesentliche zu konzentrieren, können wir ja endlich fortfahren."

Mit diesem kleinen Schuss vor den Bug brachte er Tanja wieder ins Schwitzen, um versöhnlich und locker fortzufahren: Dein Name als Sklavin wird erst einmal "Kleine Schlampe" sein, bis du dich in meinem Dienst bewährt hast. Das sollte dir jedoch nicht allzu schwerfallen." Phillip schnüffelte leicht und meinte dann: Du läufst ja schon aus, Kleine Schlampe. Bist du geil?"

"Ja Herr, ich bin geil und mir trieft die Fotze nur so. Ich bin am auslaufen, Herr." Diese verbale Selbsterniedrigung ließ Tanja erbeben und steigerte ihre Geilheit in neue Dimensionen.

Interessiert beobachtete Estelle die Übertragung, die Phillip auf ihren Monitor geschaltet hatte. Sie vermeinte den köstlichen Mösenduft Tanjas zu riechen und fing an sich zu stimulieren. Als ob sie sich verbrannt hätte, zuckte ihre Hand zurück, als ihr die Ungeheuerlichkeit ihres Tuns klar wurde.

"Kleine Schlampe berichte uns nun, wie du die Woche verbracht hast. Hast du dich an meine Vorgaben gehalten?"

Mit den Worten "Größtenteils Herr" begann Tanja zu berichten... Phillip nahm dieses "größtenteils" äußerlich gelassen hin. Sie erzählte wie sie sich erniedrigt, beschmutzt und missbraucht gefühlt hatte, als sie den Fahrer bat sie zu bepissen. Gleichzeitig bemächtigte sich auch eine extreme Geilheit ihres Körpers in dem Bewusstsein, die Wünsche ihres zukünftigen Herrn und ihrer geliebten Herrin zu erfüllen. In ihrer Wohnung angekommen kam sie sich besudelt und verkommen vor. Aber ihre Lustgefühle wichen nicht. Im Gegenteil, sie legte sich Handschellen an, die sie zu Hause hatte und hing ihre Hände an einen hohen Bilderhaken, um sich nicht selbst zu berühren. So am Haken hängend, schlief sie endlich erschöpft ein.

Am Morgen erwachte sie kaputt und zerschlagen von

ihrem eigenen Gestank. Es war noch früh und so beschloss sie noch zu warten, bevor sie duschen wollte. Die Zeit verging quälend langsam. Endlich war es soweit. Tanja erfrischte sich unter der Dusche und wurde schon wieder wuschig. Die prickelnden Wasserstrahlen auf ihrer erhitzen Haut verstärkten ihre bereits vorhandene Geilheit. Tanjas harte Nippel ragten wie Wachtürme empor. Jede noch so zarte Berührung an ihnen ließ Tanja erzittern. Schnell spülte sie sich ihre Möse aus und musste ihrer Geilheit erneut Tribut zollen. Frustriert und voller Wutgefühle rubbelte sich Tanja trocken und zog sich an. Verflucht warum musste der Meister ihr auch ihre Orgasmen verbieten!? Sie war vor lauter Geilheit völlig von der Rolle.

Tanja schaffte es gerade noch zu Frühstücken, bis sie sich mit tropfendem Schlitz auf den Weg zu ihrer Arbeit machte. Mit aller Willenskraft derer sie fähig war, überstand sie den Tag an der Supermarktkasse. Die Pausen und die Zeiten wo sie mit aufpacken musste, überstand sie relativ unbelastet. Endlich wieder zuhause, riss sie sich die Klamotten vom Körper und legte sich nackt aufs Bett. Sie schaltete den Fernseher an, konnte sich aber nicht aufs Programm konzentrieren.

Irgendwie geisterten die Anweisungen Phillips durch ihr Hirn und ließen sie ungeduldig werden. Ohne sich zuzudecken, schlief sie nackt auf ihrem Bett ein. Im frühen Morgengrauen wachte sie zerschlagen auf. Der Fernseher rauschte und trieb sie aus dem Bett. Sauer schaltete sie die nutzlose Flimmerkiste ab. Sie legte sich wieder hin und dämmerte bis ihr Wecker signalisierte, dass es Zeit wäre aufzustehen. Irgendwie kam sie nicht richtig in die Gänge. Nach einer Katzenwäsche und einem eilig runtergewürgten Frühstück, ging sie zur Arbeit. Sie war sehr nervös. Die Wartezeit zerrte an ihrem Nervenkostüm. Hinzu kam ihre ständig anschwellende Geilheit durch ihr Selbstbefriedigungsverbot. Ihre Möse sandte Lustschauer durch ihren Körper. Ihre Nippel wurden durch leiseste Berührungen animiert Blitze in Richtung Kitzler zu schleudern. Wie sollte sie da noch vernünftig arbeiten? Häufig musste sie heute ihren Filialleiter die Kasse korrigieren lassen... Nicht genug dessen: Sie musste sich von diesem Schleimer runterputzen lassen. Aber auch diesen Tag überstand Tanja irgendwie. Zuhause brach sie schluchzend auf ihrem Sofa zusammen. Ihr Körper stand in Flammen und gierte nach Erlösung. Noch siegte ihr Verstand. Tanja räumte sinnlos Gegenstände von einer Ecke der Wohnung in eine andere. Endlich sank sie in einen von wirren Träumen begleiteten, wenig erholsamen Schlaf.

Früh am Tag erwachte sie und schleppte sich müde und zerschlagen unter die Dusche. "Oh Gott, hoffentlich übersteh ich den Tag ohne anzuecken" dachte Tanja und machte sich fertig.

Da es schon recht warm war, verzichtete sie auf Unterwäsche und warf sich nur ein leichtes Sommerkleid über den Körper. So hoffte sie durch den leichten Stoff nicht allzu sehr gereizt zu werden. Sie kochte sich einen richtig starken Kaffee und würgte das Gebräu hinunter. Essen konnte sie nichts. Fahrig und abwesend trat sie ihren Dienst an. Prompt kam was kommen musste. Ein älterer, dicklicher, schwitzender Mann starrte ihr unverschämt in den Ausschnitt und machte sie mit blöden Sprüchen an.

Tanja platzte der Kragen: "Was wollen sie eigentlich?

Bezahlen sie ihre Ware und verschwinden sie endlich!" fauchte sie den Kerl an.

Ihr Chef bekam das mit und stellte sich natürlich auf die Seite des Kunden. "Sie entschuldigen sich auf der Stelle! Wie laufen sie eigentlich hier rum?" kam es von ihm.

Da platzte Tanja endgültig der Kragen. Sie fauchte ihren Boss an: "Damit sie mir besser auf die Titten starren können, sie schmieriger, notgeiler alter Bock?" Mit diesen Worten zog sie den Stoff des Kleides beiseite und entblößte so ihre hübschen Zwillinge. "Da nun brauchen sie mir nicht mehr heimlich nachspionieren; und sie, bezahlen sie endlich, damit sie mir aus den Augen kommen" schrie den Kunden an.

"Entlassen! Sie sind fristlos entlassen... Machen sie die Abrechnung und dann fort mit ihnen!" kam es vom Chef.

"Na klasse" dachte sie sich. Dann straffte sie sich und mit freigelegten Titten beendete sie ihre Arbeit ungeachtet dessen, dass sich eine Traube Zuschauer um sie herum gebildet hatte, aus der zustimmende, abwertende und obszöne Kommentare kamen. Endlich hatte der schleimige Kunde gezahlt. Tanja schloss die Kasse und ging stolz mit schaukelnden Titten und wackelndem Arsch nach hinten ins Büro um dort die Kasse zu machen.

Dort zog sie sich ihr Kleid wieder richtig an und wartete auf ihren Exboss. Als der endlich kam, schleimte er um sie herum, um sie doch noch zum Bleiben zu bewegen. Aber Tanja fertigte ihn kaltlächelnd ab und war froh diesen ungeliebten Job losgeworden zu sein. Sie war froh, dass sie einen Schlussstrich gezogen hatte, auch wenn sie noch nicht wusste wie es mit ihr weitergehen sollte. Mit einem aufgesetzten Lächeln verabschiedete sich Tanja von ihren Kolleginnen und Kollegen. Dann marschierte sie selbstbewusst aus dem Laden.

Daheim angekommen, schloss sie die Wohnungstür hinter sich und lehnte sich mit dem Rücken dagegen. Hier im Schutze ihrer Wohnung ließ sie die Anspannung von sich abfallen. Sie rutschte an der Tür zu Boden und heulte Rotz und Wasser. Wie lange sie so an der Tür gesessen hatte, wusste Tanja nicht. Auf allen Vieren kroch sie in die Küche und setzte sich einen Pott Kaffee auf. Nervös trommelte sie mit ihren Fingern auf den Küchentisch. Tanja überlegte ob sie Caro anrufen sollte. Sie war die einzige, die ihr Halt und Trost geben konnte. Unruhig spielte sie mit ihrem Handy. Wählte und verwarf wieder, wählte und verwarf wieder...

Ihr wurde übel. Erschrocken stellte sie fest, dass es inzwischen nach sechs Uhr abends war und der Hunger in ihren Eingeweiden wütete. Sie bestellte sich beim asiatischen Restaurant ihres Vertrauens ein Essen und wartete auf den Boten. Als dieser das Essen brachte, drückte sie ihm einen Schein in die Hand und verzichtete aufs Wechselgeld. Eilig schlang sie ihr Essen herunter. Tanja dachte wieder an ihr zukünftiges Leben.

Wie würde es mit Caro und ihrem Meister weitergehen? Konnte sie wirklich mit dieser Rolle klarkommen, die ihr zugedacht war? Allmählich verlangte der gefüllte Magen sein Recht auf Schlaf und Tanja wurde müde.

Sie ging ins Schlafzimmer und zog sich auf dem Weg dorthin ihr Kleid aus. Kaum hatte sie sich hingelegt, war sie auch schon eingeschlafen.

Mit wirren Traumbildern wachte Tanja in der frühen Morgendämmerung auf. Unendliche Geilheit hatte sie erfasst. Bevor sie noch richtig wach war, hatte sie drei Finger der rechten Hand in ihrer triefenden und pochenden Möse versenkt. Mit der anderen Hand presste und knetete sie ihre Brüste, zog ihr Nippel lang und erreichte so einen alles verschlingende Höhepunkt. Tanjas Körper bäumte sich auf und fiel wieder in sich zusammen. Die Wogen der Wollust warfen sie in ihrer Lust auf und ab wie einen auf dem Wasser tanzenden Korken. Endlich sank sie erschöpft keuchend total befriedigt auf ihr durchgeschwitztes Laken zurück. Entspannt fiel sie erneut in einen erholsamen Schlaf.

Caro schaute Phillip an und staunte nur. Wie hatte er das Wissen können, dass Tanja zu diesem Zeitpunkt einbrechen würde. Phillip nickte seinem Kätzchen nur beruhigend zu, um Tanjas Redefluss nicht zu unterbrechen.

Als Tanja nach mehreren Stunden ausgeruht erwachte, war für sie die Welt noch in Ordnung. Dann traf sie die Erkenntnis dessen, was sie getan hatte wie ein Hammerschlag. Der Schock ihrer Erkenntnis ließ Tanja verzweifeln und in Tränen ausbrechen. Sie hatte das Verbot ihres zukünftigen Herrn übertreten. Sie hatte sich selbst befriedigt! Was würde mit ihr passieren? Wie und von wem würde sie bestraft werden? Von Caro oder ihrem Herrn? Oder etwa von beiden? Kurz dachte sie daran, ihren Fehler zu verschweigen. Aber was wäre das für eine Beziehung geworden, aufgebaut auf einer Lüge? Mit dem Entschluss bei der Wahrheit zu bleiben, beruhigte sich Tanja wieder und konnte entspannt den Tag genießen. Im Laufe dieses Tages stieg ihre sexuelle Spannung wieder an, blieb aber für Tanja beherrschbar...

"Der heutige Tag wollte für mich überhaupt nicht vorübergehen. Voller Ungeduld erwartete ich den Abend um endlich hier vor ihnen, meinen Herrschaften zu knien. Das war's. So habe ich meine Woche erlebt Herr. Außerdem erwarte ich meine Bestrafung dafür, dass ich mich einmal selbst befriedigt habe. Ich hoffe, dass ich Gnade vor deinen Augen finde Herr und genauso von meiner Herrin."

Damit senkte Tanja wieder demütig den Blick und wartete auf die Entscheidung ihrer Herrschaft.

Caro sah Phillip mit einem verzehrenden Blick an, in dem er sich verlor. Er nickte und sagte zu Tanja: "Kleine Schlampe, ich wusste das du nicht durchhalten würdest. Deshalb ist es gut, dass du dein Versagen eingestanden hast. Deine Herrin und ich sind stolz auf dich. Zur Belohnung darfst du die Säfte aus den Löchern deiner Herrin saugen, die sie für dich gesammelt und produziert hat."

Caro zweifelte an dem Verstand Phillips, als sie ihn so reden hörte. Das war nicht der Phillip den sie bisher kennengelernt hatte. Auch Tanja glaubte nicht recht zu hören. Sie hatte fest mit einer saftigen Strafe für ihr Fehlverhalten unter der Woche gerechnet. Und nun so was? Caro lag noch ungläubig erstarrt an Phillips Brust, als ihr Herr dann ruhig weitersprach: "Stolz sind wir weil du es geschafft hast hier zu erscheinen. Jedoch trübt deine Schwäche diesen guten Eindruck. Für diesen Fehler wirst du von mir, und nur von mir bestraft werden."

Erleichtert vernahmen beide Sklavinnen Phillips Rede. Er war also doch nicht abgedreht.

"Kleine Schlampe, während du Caros Löcher trockenlegst und sie in den Orgasmus-Himmel treibst, wirst du von mir mit einem Flogger gestriemt werden. Und nun komme deiner Aufgabe nach."

Tanja war erleichtert als sie die Strafe, die Phillip ihr zugedacht hatte, vernahm. Es hätte ihrer Meinung nach schlimmer kommen können. Deshalb antwortete sie frohgemut: "Danke Herr, dass du dich der Mühe unterziehen willst, mich auf meine Fehler aufmerksam zu machen. Ich werde jede Strafe mit Freude empfangen Herr."

Dann krabbelte Tanja auf allen Vieren zu Caro und suchte nach den versteckten Zippern um die Saftlöcher freizulegen. Als Tanja die Hände zu Hilfe nehmen wollte, wurde sie von Caro daran gehindert.

"Tsk, tsk Kleine Schlampe" hauchte sie ihr ins Ohr "wer wird denn die Hände benutzen wollen, wo wir doch einen Mund haben."

In diesem Moment nahm sie den Kopf Tanjas zwischen ihre Hände und presste ihr Gesicht an ihre kochende Fotze. Tanja nahm den geilen Geruch Caros nur schwach wahr. Sie wühlte ihr Gesicht in den Schoß Caros und begann mit den Zähnen den Zipper aufzuziehen. Sofort schlug ihr der aromatische Mösenduft intensivst entgegen. Gierig und tief atmete Tanja den geilen Geruch ihrer Herrin ein und gab stöhnende Laute des Wohlbehagens von sich. Tanja züngelte gierig in Caros Lustgrotte und suchte sich den Weg zu ihrem Hinterstübchen. Sie leckte um den gekräuselten Ringmuskel, fand den Weg zur triefenden Möse zurück und schlürfte den austretenden Nektar gierig in ihr kleines Schleckermäulchen. Tanjas Hände streichelten und kneteten gierig die latexverhüllten Globen ihrer Herrin.

Als Tanja wieder an ihrem Schließmuskel zugange war, entspannte Caro sich und entließ den Samen Phillips in den willigen Schluckmund von "Kleine Schlampe". Laut schmatzend labte sie sich an der köstlichen Gabe. Sie schluckte nicht alles, sondern schlängelte sich an dem latexbedeckten Körper ihrer Freundin, die jetzt ihre Herrin war, nach oben. Tanja presste ihren Mund auf Caros Lippen. Diese öffnete ihren Mund und begann mit ihrer Süßen schmatzend zu züngeln. Schwesterlich teilten sich beide den aromatischen Trank und schluckten ihn, sich dabei verliebt in die Augen sehend, genüsslich hinab. Mit einem sanften Druck bedeutete Caro ihrer Zofe sich wieder ihrer eigentlichen Aufgabe zu widmen.

Unbeachtet von seinen beiden geilen Sklavinnen, lehnte Phillip an einem Schrank, aus dem er einen weichen Gummiflogger entnommen hatte. Der Anblick seiner beiden Schönen ließ Phillip nicht kalt. Unbemerkt von ihnen zog er sich aus und trat näher an die Lustwiese heran. Tanja leckte wieder an Caros vor Lust geschwollener Fotze und kämpfte verzweifelt mit dem reichlich nachfließenden Nektar. Wie sollte sie bloß diese dauergeile Nassfotze trockenlegen? Eher würde sie sich einen Knoten in ihren Geschmackslappen lecken. Als Tanja reflektierte was sie hier so trieb, kam es ihr ganz natürlich vor die "Kleine Schlampe" zu sein und auch so genannt zu werden. Sie akzeptierte sich so in ihrer Rolle Caro zu dienen und ging glücklich darin auf.

Sie änderte nun ihre Strategie. Heftig begann sie den Anus zu lecken und mit der Zunge zu massieren. Immer leichter fiel es Tanja mit ihrer Zunge in den dunklen Kanal einzudringen und Caro damit zu ficken. Gierig saugte und leckte sie Phillips Gabe aus Caros Darm. Tanjas Mund wechselte immer seltener zum Saftfötzchen ihrer Herrin. Ein Finger nach dem andern ihrer kleinen Hand versenkte Tanja dafür darin. Caro wand sich unter den gekonnten Fingerspielen und Zungenschlägen ihrer Gespielin. Sie wusste nicht mit ihren Händen wohin. Endlich packte sie die harten Nippel Tanjas. Sie genoss es diese zu quetschen und zu zwirbeln.

Tobender Lustschmerz ließ Tanja fast explodieren. Unvermittelt trafen sie die ersten Peitschenhiebe und holten sie von ihrem hohen Lustniveau herunter. Erschrocken schrie Tanja in die Arschkerbe Caros. Irgendwie verursachte das wohlige Schauer der Lust bei ihr.

Zwoosch - klatsch landete der Flogger auf Tanja wohlgeformte Globen. Dazu ertönte Phillips Stimme im Rhythmus der Peitschenschläge: "... Ich..." zwoosch - klatsch "... habe..." zwoosch - klatsch "... dir..." zwoosch - klatsch "... nicht..." zwoosch - klatsch "... die..." zwoosch - klatsch "... Erlaubnis..." zwoosch - klatsch "... gegeben..." zwoosch - klatsch "... zu..." zwoosch - klatsch "... kommen..." zwoosch - klatsch "... Erst..." zwoosch -

klatsch "... wenn..." zwoosch - klatsch "... ich..." zwoosch - klatsch "... es..." zwoosch - klatsch "... dir..." zwoosch - klatsch "... erlaube..." zwoosch - klatsch "... darfst..." zwoosch - klatsch "... du..." zwoosch - klatsch "... einen..." zwoosch - klatsch "... Orgasmus..." zwoosch - klatsch "... haben..."

Immer weiter ging es in diesem Rhythmus. Zwoosch - klatsch, ... zwoosch - klatsch, ... zwoosch - klatsch, ... zwoosch - klatsch, ...

Tanjas Arschbacken, Rücken und Schenkel hatten eine tiefrote Färbung angenommen. Die kleine Schlampe spürte die Schmerzen nicht mehr. Eine schier wollüstige Hitze hatte sich in ihrem Körper ausgebreitet. Längst sorgte Phillip mit dosierten Schlägen für den Erhalt der Rötung und hielt damit Tanjas Lustniveau zugleich aufrecht.

Als die Kleine Schlampe Caro das erste Mal zum Orgasmus gebracht hatte und ihr Arm von den reichlich sprudelnden Säften eingesaut war, schleckte sie sich sauber. Mit dem reichlich vorhandenen natürlichen Gleitmittel versehen, begann sie nun auch noch Caros hinteren Eingang zu weiten. Schließlich hatte sie beide Fäuste in Caros Unterleib versenkt. Gierig stülpte Tanja ihren Lutschmund über die Lustperle Caros und begann diese im Rhythmus ihrer Fickstöße zu bearbeiten.

Caro gab sich dieser Lustvollen Behandlung hin. Sie versank in einem Strudel der Lust. Welle um Welle schlugen die Orgasmen über ihr zusammen. Sie war nicht mehr fähig zwischen den einzelnen Höhepunkten zu unterscheiden. Ohne die klatschende Anfeuerung Phillips, hätte Kleine Schlampe ihre Bemühungen wahrscheinlich längst eingestellt. So aber wurde sie vorangetrieben und besorgte es ihrer Herrin unermüdlich. Tanjas eigene Geilheit war inzwischen in schwindelnde Höhen geklettert, sodass sie zwischendurch immer mal wieder um Erlösung bat.

Endlich hatte Phillip ein Einsehen. Er rammte ansatzlos seinen hart pochenden Lustprügel in Tanjas überkochende Fotze. Tanjas Mund wurde im Rhythmus von Phillips harten Kolbenstößen jedes Mal auf Caros Lustperle gepresst. So fickte Phillip seine Caro mit Hilfe von Tanjas Körper. Phillip beugte sich über die kleine Schlampe und ergriff ihre baumelnden und hin und her schlenkernden Titten. Heftig knetete er sie und begann die steinharten Nippel zu bearbeiten. Das brachte das Fass zum überlaufen. Als Phillip die heftigen Kontraktionen ihres Unterleibes wahrnahm, erlöste er sie mit den Worten: "Komm Kleine Schlampe, komm für deinen Meister und deine Herrin."

Mit einem gurgelnden Schrei, der von Caros Saftfotze gedämpft wurde, explodierte Tanja in einem Wahnsinnsorgasmus. Ihre Fotzenmuskeln klemmten Phillips Rohr wie ein Schraubstock zusammen. Er hatte das Gefühl, als ob die kleine Schlampe ihm den Schwanz abquetschen wollte. Mit einem Urschrei entlud sich Phillip in Tanjas zuckender Grotte. Das gab ihr einen zusätzlichen Schub und sie biss vor lauter Lust in Caros fett geschwollenen Lustknubbel. Dieser Schmerz ließ Caro vollends abdriften. Hatten die Lustschauer Caro schon vorher an den Rand des Wahnsinns gebracht, so verlor sie sich jetzt ins Nirwana. Die drei Liebenden bildeten nun ein Knäuel lebloser Körper. Nur die heftigen Atemzüge verrieten, dass sich noch Leben in den erschöpften Körpern befand. Mit ein wenig Neid hatte

Estelle das Geschehen auf dem Bildschirm verfolgt. Oh wie gerne wäre sie dabei gewesen. Sie ahnte, dass sie hier in Zukunft noch des Öfteren geprüft werden sollte. Ihr Dienst für Phillip würde noch so manche Herausforderung für sie bereithalten. Aber Estelle war gewillt diese anzunehmen.

Phillip hatte sich als erster wieder soweit erholt, dass er sich aus dem Knäuel lösen konnte. Er sah nach Caro, die ihn mit flatternden Augenliedern anlächelte. Sie schob Tanja von sich und begann den verschmierten Schwanz Phillips mit ihrem Schleckermäulchen zu reinigen. Als sie fertig war verpackte sie Phillips bestes Stück wieder in seiner Hose, wie eine artige und gut erzogene erste Sklavin des Hauses das eben macht.

Erschöpft und glücklich legte sich Caro nun zurück. Tanja, die kleine Schlampe, hatte nur auf diesen Moment gewartet. Mit einer Hand hatte sie ihre tropfende Möse verschlossen um Phillips Samen nicht zu verlieren. Dann platzierte sie sich in der 69er über Caro und begann deren schleimige Grotte mit breiter Zunge zu bearbeiten. Gleichzeitig presste sie ihre gut gefüllte Möse über Caros Mund und entspannte sie. Langsam begann das Gemisch aus Phillips Sperma mit Tanjas Mösensaft in Caros Mund zu sickern.

Schnell waren die beiden kleinen Geilchen wieder auf Touren und schleckten sich gegenseitig die Säfte aus den triefenden Fotzen. Wie auf ein geheimes Kommando richteten sich die beiden Frauen wieder auf und begannen sich die gesammelten Säfte auszutauschen. Hin und her schoben sie sich die Säfte in ihre Münder. Ihre Zungen tanzten mal wieder innigst miteinander. Nach einer Weile aber, lösten sich Caro und ihre Zofe vonei-

nander, sahen sich tief in die Augen, öffneten ihre
Münder und zeigten sich so, dass sie alles geschluckt
hatten. Dann fielen sie wieder übereinander her und
leckten sich die Gesichter sauber. Glücklich und zufrieden, dass sie sich gefunden hatten, versanken sie dann
in einer träumerischen Umarmung.

Phillip hatte das ganze verschmitzt lächelnd beobachtet. Als Caro und Kleine Schlampe so innig verschlun-
gen waren, räusperte er sich und meinte, dass sie nun
wieder nach Sande zurückwollten. Das Taxi müsste
schon bald da sein. Prompt rötete sich Tanjas Gesicht
wegen der Erinnerung an ihre letzte Taxifahrt unter
Phillips Fittichen. Caro konnte ein kleines Schmunzeln
nicht unterdrücken. Nur Phillip tat völlig unbeteiligt,
obwohl er gespannt auf die Reaktion seiner neuen
Sklavin war, wenn sie "ihrem" Taxifahrer wieder begegnen würde. Er gab seinen beiden Sklavinnen je ein
Paar Liebeskugeln zum Einführen in ihre Mösen. Caro
sollte ihre Brüste und den Schoß unbedeckt lassen und
Tanja sollte so nackt bleiben wie sie war. Das war
schon eine ordentliche Challenge, für den Anfang.

Als Phillip sich abwandte um die Halsketten zu holen,
flüsterte Caro ihrer Gespielin zu: "Mach alles genauso
wie ich."

Phillip grinste stillvergnügt vor sich hin. Glaubte sein
kleines Kätzchen wirklich, dass er nichts gehört hätte?
Als Estelle das Taxi meldete, hakte Phillip die entsprechenden Ketten in die Halsbänder und führte seine Süßen in den Aufzug. Kleine Schlampe hielt sich hinter
Caro und achtete genau auf ihre Herrin. Unten angekommen ließ Phillip die Leinen fallen und deutete seinen Mädels an zu warten. Sofort stellte Caro ihre Beine

schulterbreit auseinander und verschränkte die Hände im Nacken. Augenblicklich hatte Kleine Schlampe dieselbe Position eingenommen, achtete aber nicht so genau darauf ihre Arme nach hinten zu drücken, damit ihre Titten vorteilhaft zur Geltung kommen. Wütend zischte Caro ihrer Sklavin zu, dass sie die Arme nach hinten nehmen solle, um keine Strafe durch ihren Herrn zu provozieren.

"Das habe ich gehört, mein süßes Kätzchen. Mal sehn was wir daraus machen werden." Kam es postwendend vom Herrn und Meister.

Der begab sich in Estelles Glaskasten. Die gab ihm ein kleines Päckchen, das der Chauffeur ihr vorher für Phillip übergeben hatte. Phillip bedankte sich bei Estelle und erteilte ihr noch etliche Anweisungen. Währenddessen standen Caro und Kleine Schlampe unbehaglich da. Die Ungewissheit zerrte an ihren Nerven. Caro gelang es, im Gegensatz zu ihrer Sklavin, Gleichmut auszustrahlen, auch wenn sie wusste, dass sie Phillip nicht täuschen konnte. Da Caro wusste, dass er meist so handelte wie sie es nicht erwartete, machte sie sich auf eine Überraschung gefasst. Zum Abschluss seiner Anweisungen verpasste Phillip Estelle noch eine Analkette mit der Maßgabe nicht zu kommen, bevor sie dazu die Erlaubnis erhielt.

Phillip trat an die Sklavinnen heran, nahm die Ketten auf und führte sie dann zum Taxi. Stolz und selbstbewusst folgten die Sklavinnen ihrem Herrn. Vor dem Taxi stand der Fahrer und hielt die Tür auf. Prompt errötete Tanja als sie den Fahrer sah. Es handelte sich wieder einmal um den jungen Sklaven, den sie schon kannte. Was würde ihr Herr wohl diesmal für sie bereithalten? Oder sollte es heute Madame Caro sein, in deren Hand heute ihr Schicksal lag? Ein wenig ängstlich, aber dennoch tapfer folgte sie hoch aufgerichtet und stolz ihren Herrschaften, als hätte sie ihr Sonntagskleid für die Kirche an.

Caro sah Phillip an und der nickte. Für Außenstehende war es kaum zu bemerken, doch war es sein Einverständnis dazu. Hocherfreut über das Vertrauen Phillips in ihre Fähigkeiten, befahl sie ihrer kleinen Schlampe: "Du steigst vorne ein. Du weißt was du zu tun hast?"

"Jawohl Madame. Ich werde die Rechnung begleichen."

Caro begann auf den Fahrer einzureden. Phillip grinste den immer gleich lächelnden Sklaven an und kniff ein Auge zu. Caro hatte in ihrem Eifer noch gar nicht gemerkt, dass der Sklave nicht mit ihr kommunizieren konnte. Er trug eine so geschickt gemachte Gummimaske, die nur die Augen freiließ. Ansonsten hatte seine Herrin ihn seiner anderen Gesichtssinne beraubt. Tanja hatte sich inzwischen auf dem Beifahrersitz begeben, bekam von allem nichts mit und wartete auf weitere Anweisungen.

Phillip tippte Caro von hinten auf die Schulter und flüsterte ihr etwas ins Ohr. Erschrocken starrte sie den vor ihr stehenden Sklaven an. Ihr fiel immer noch nichts auf.

"Sie genauer hin" hauchte Phillip ihr ins Ohr.

Erst jetzt bemerkte Caro die starren Gesichtszüge und das immer gleiche Grinsen. Phillip löste die Sprachsperre und befahl dem Sklaven auf alle Fragen Caros zu antworten. Er hatte eine Fernbedienung, mit der er die Maske des Sklaven kontrollieren konnte.

"Sehr wohl Meister Winter. Wie ihr befehlt" kam es verzerrt aus der Maske.

Wenn Caro es nicht mit eigenen Augen gesehen hätte, würde sie es nicht glauben. Nicht eine Spur irgendeines sich bewegenden Muskels konnte Caro entdecken. Lediglich die Augen schienen ein wenig Bewegungsfreiheit zu haben. Endlich löste sich Caros Blick vom Gesicht des Sklaven und wanderte seinen Körper hinab. Zum ersten Mal nahm sie seine äußere Erscheinung bewusst wahr. Der kräftige Oberkörper wurde von einem hautengen, weißen Latexhemd bedeckt, welches jede Kontur offenbarte. Darüber trug er eine knappe Weste im Stresemann-Stil. Die schwarze, arschenge Latexhose modellierte jeden Muskel seiner kräftigen Beine. Die Füße steckten in ebenfalls schwarzen, wadenhohen Latexstiefeln. Das Geschlecht des Sklaven sprang obszön aus der Enge hervor. Ein prächtiger Schwanz thronte über einem prallen Hodensack. Wenn das alles echt ist, dachte Caro, müsste es ein Vergnügen sein den Kerl zu ficken.

Sie errötete leicht bei diesem Gedanken und befürchtete, dass Phillip ihre Gedanken lesen könnte. Lesen konnte er sie nicht, aber er kannte Caro gut genug, um zu wissen, was in ihr vorging. Caro lenkte wieder ihr Augenmerk auf das Gesicht des Sklaven. Sie war fasziniert von der detailgetreuen Wiedergabe des Gesichtes. Wenn nicht die Glätte der Maske beim Sprechen wäre, könnte man das Gesicht definitiv für echt halten.

Endlich entschloss sich Caro zu handeln. Sie richtete

das Wort an den Sklaven: "Sklave, du wirst dir auf der Fahrt nach Sande von der kleinen Schlampe hier einen blasen lassen. Wehe du kommst. Wenn du es schaffst uns bis zum Ziel zu bringen, ohne zu kommen, darfst du die kleine Schlampe hemmungslos durchficken bis du nicht mehr kannst. Verstanden?"

"Ich habe alles verstanden, Herrin."

Nachdem Caro in den Wagen geklettert war und Phillip Platz genommen hatte, erteilte sie Tanja ihre Anweisungen: "Du wirst den Sklavenschwanz zum Explodieren bringen, bis wir zu Hause sind. Solltest du mich enttäuschen, wird die Gerte auf deinem nutzlosen Sklavenarsch Polka tanzen. Verstanden?"

"Sehr wohl Madame. Ich habe alles verstanden" kam es von Tanja.

Caro freute sich innerlich auf ein erregendes Schauspiel. Sie würde auf jeden Fall auf ihre Kosten kommen, sofern Phillip sie nicht zurückpfiff.

Tanja fummelte am Hosenstall des Taxisklaven herum und holte seinen Prachtschwanz heraus. Mal sehen ob die Erziehung seiner Herrin oder die Blaskünste von Tanja den Sieg davontragen würden frohlockte Caro still in sich hinein. Auch Phillip war neugierig auf das Ergebnis des Wettstreits. Er und Caro ließen sich eng umschlungen in die Polster sinken, während sich das Fahrzeug in Bewegung setzte. Tanja stülpte ihren Lutschmund über den halbschlaffen Schwanz des Fahrers. Heftig begann sie das Objekt ihrer Begierde zu bearbeiten. Ein stummer Zweikampf entbrannte zwischen Sklavin und Sklave. Es war wirklich toll anzusehen.

Während er sich auf den Verkehr konzentrierte und so weit als möglich alle Limits ausnutzte, versuchte sie mit allen Mitteln ihn zu erregen. Doch Tanja merkte bald, dass sie nur mit ihren oralen Künsten nicht weiterkam. So versuchte sie ihre flinken Finger ins Spiel zu bringen. Der Sklave versuchte dies zu verhindern, indem er sich fester in seinen Sitz presste. Vergeblich versuchte Tanja einen oder mehrere Finger in die Rosette des Fahrers zu schieben. Selbst das gleichzeitige massieren und pressen der prallgefüllten Eier ihres Widerparts zeigte nicht den gewünschten Erfolg. Tanja wendete vergebens alle Tricks an, die sie kannte. Der Schwanz des verfluchten Sklaven wollte nicht steif werden, geschweige denn seine geballte Ladung an Sacksahne freizusetzen.

Phillip und Caro boten den beiden Wettkämpfern sogar ein erotisches Schauspiel auf der Rückbank, das deren Erregung durchaus steigen ließ, jedoch nicht dazu ausreichte einem der beiden Protagonisten entscheidende Vorteile zu verschaffen. Phillip und Caro erwachten aus ihrem Rausch als das Fahrzeug vor dem Haus in Sande anhielt. Tanja schluchzte vor Enttäuschung auf, ergab sich dann aber gleich ihrem Schicksal. Sie hatte verloren und würde nun die Gerte zu spüren bekommen. Der Fahrer stieg mit schlappem Gehänge aus und öffnete den Herrschaften die Tür. Phillip und Caro steigen aus.

Tanja musste sich über die noch warme Motorhaube beugen und bekam von Caro zwei Dutzend scharfe Gertenhiebe übergezogen. Dann durfte sie den Fahrer wieder oral verwöhnen. Phillip gab ihm die Erlaubnis "Steif zu werden" Das für Tanja unfassbare geschah. Der Lümmel des Sklaven wuchs in ihrem Mund zu einem wahren Prachtstück heran. Phillip gab dem Sklaven den Befehl die kleine Schlampe zu ficken und die Erlaubnis kommen zu dürfen, so oft wie er wollte und konnte. Das war sein Preis, den er sich verdient hatte. Erfreut schmiss er die unglückliche Tanja mit dem Rücken voran auf die Motorhaube. Mit einem erleichterten Grunzen bohrte der Fahrer seinen Schwanz in Tanjas nasse, enge Fotze. Die spürte die Wärme des Blechs an ihrer gestriemten Rückseite und wurde davon noch stärker aufgegeilt.

Mit jedem Stoß wurde Tanja ein Stück mehr auf die Motorhaube geschoben. Hart riss der Sklave sein Fickstück auf seinen stahlharten Lustprügel zurück und stieß sie wieder von sich. Sein Takt mit dem er die kleine Schlampe stieß, wurde immer schneller. In seinen Eiern brodelte der Saft und der Sklave konnte kaum noch an sich halten. Mit durch die Maske verzerrtem Gebrüll ergoss er sich in die aufnahmebereite Fotze. Er hatte sich mittlerweile in die Titten seiner Stute gekrallt und sank von seinem Orgasmus geschüttelt auf ihr nieder. Ein sanfter Schmerz und die Wärme der Motorhaube umarmten Tanja.

Die Gedanken des ermatteten Fahrers rasten. Der Meister hatte ihm mehrere Orgasmen gestattet, wenn auch nicht befohlen. Andererseits erwartete seine Herrin von ihm aber auch noch wohlgefüllte Eier fürs eigene Vergnügen. Um beiden Herrschaften gerecht zu werden, beschloss er Tanja noch einmal zu ficken. Dann hätte er mehr als einen Erguss gehabt und auch noch genügend für seine eigene Madame.

Caro lehnte mit dem Rücken an Phillips Brust. Ihr knackiger Po rieb über die Beule in seiner Hose. Phillip hielt Caro an ihren vollen Brüsten fest an sich gepresst und spielte in den Anblick der Fickenden versunken, selbstvergessen mit den harten Nippeln. Auch Caro kraulte abwesend, in den geilen Anblick vor ihr versunken, mit Phillips Erregung. Caros betörender Duft, vermischt mit dem Geruch von Latex und Leder stellten ein Aphrodisiakum für Phillip dar. Unbewusst bockte er im Takt der Fickenden seinen Unterleib an Caros Arsch.

Phillips Schwanz schwoll in seinem Gefängnis an und es wurde ihm zu eng darin. Kurzerhand holte Phillip seinen kleinen Winter heraus, ging ein wenig in die Knie und schob seinen Fickbolzen von hinten in Caros aufnahmebereite Fotze. Überrascht keuchte Caro geil auf. Die Hitze in ihrem Unterleib breitete sich rasend schnell in ihrem ganzen Körper aus. Wild erwiderte sie Phillips Stöße und ging im Strudel ihrer Gefühle unter. Heftig atmend beobachten sie beide weiter das geile Spiel ihrer Sklaven.

Der Taxisklave hatte inzwischen seine Partnerin auf den Bauch gedreht. Ein paar Mal führte er sein steifes Glied in die Säfte produzierende Möse ein um dann an ihrer Rosette anzusetzen. Stetig erhöhte er den Druck und langsam öffnete sich der Muskel um seine Eichel hereinzulassen. Als der Sklave soweit drin war, machte er eine kleine Pause um seiner Gefährtin die Möglichkeit zu geben sich an den Eindringling zu gewöhnen. Dann erhöhte er den Druck und drang langsam aber stetig bis Anschlag ins Mokkastübchen ein.

Mit einer Hand packte er ihre Hüfte und mit der anderen griff er in ihr Haar. Kleine Schlampe bog sich ins Hohlkreuz, dem brutalen Zug an ihrem Schopf folgend.

Tanja stöhnte und ächzte unter den harten Fickstößen. Nach einer endlos scheinenden Zeit entlud sich der Sklave in ihr. Mit einem Schrei der Erleichterung quittierte sie die Entladung ihres Fickers und sank erschöpft zusammen. Der Sklave sank vor Caro und Phillip auf die Knie und bedankte sich für die Gnade des geilen Ficks. Phillip befahl ihm noch seine Sauerei aus Tanja zu entfernen und entließ ihn, nachdem er diese Tätigkeit schnell und gründlich erledigt hatte.

Kapitel 20

SYMPHONIE DER LUST

Das Taxi entfernte sich bereits als sich Caro und Phillip dem Haus zuwandten. Dort wurden sie bereits von Zita und Franziska in der offenen Haustür erwartet. Phillip befahl ihnen ein Bad für ihn einzulassen und dort auf ihn zu warten. Dann nahm er Caro die Kette ab und sagte zu ihr: "Ihr habt jetzt frei. Du und deine kleine Zofe. Ich schenke euch die ganze Nacht. Du darfst dich mit ihr in deinen Räumen vergnügen. Na geh schon! Und nimm Kleine Schlampe mit" ermahnte er die staunende Caro und gab ihr einen liebevollen Klaps auf den Allerwertesten um ihren Abgang zu beschleunigen.

Phillip blickte Caro nach wie sie Tanjas Kette in die Hand nahm und diese nach oben in ihre Räume führte. Caro wusste, dass sie nun die ganze Nacht zur Verfügung hatte um sich mit Tanja zu amüsieren und sie zu ihrer willigen Zofe zu machen. Die Vorfreude stand ihr ins Gesicht geschrieben. Tanja folgte willig dem leichten Zug der Kette und freute sich auf die kommende Nacht.

Phillip sah seinen beiden Schönen nach wie sie nach oben entschwanden. Ein charmantes Lächeln umspielte seine Mundwinkel. Dann straffte er sich und ging ebenfalls nach oben. Sein inzwischen halbsteif gewordener Schwanz hing aus der offenen Hose heraus und schaukelte mit jedem Schritt hin und her. Zita und Franziska knieten auf weichen Matten im Badezimmer und warteten auf ihren Herrn. Als sie seiner ansichtig wurden, eilten sie zu Phillip um ihm mit flinken Fingern beim Entkleiden zu helfen. Blitzschnellstand Phillip im Adamskostüm da. Die beiden Sklavinnen geleiteten ihren Herrn ins Becken und begannen ihn mit weichen Schwämmen zu waschen.

Ihre hauchzarten Tuniken waren bald gänzlich durchnässt und klebten an ihren wohlgeformten, nackten Körpern. Die leichten, weißen Stoffe waren durchsichtig geworden und verbargen nichts mehr. Im Gegenteil, sie betonten die erogenen Stellen ihrer Weiblichkeit. Es war ein Anblick der Phillips Schwanz sofort wieder erstarken ließ. Die beiden Süßen registrierten diese Tatsache erfreut.

Zita und Franziska begannen nun Phillip zu verwöhnen. Dabei umkreisten sie ihn und boten ihm erregende Ein- und Ausblicke auf ihre wohlgeformten Körper... Natürlich streichelten und berührten sie dabei Phillip mit ihren Händen, Mündern und Körpern um ihn in einen Zustand der Wollust zu versetzen. Die beiden raffinierten Schönheiten sorgten bei jedem Körperkontakt mit ihrem Herrn dafür, dass die Stofffetzen, die ihre Körper nur unvollkommen verhüllten, immer mehr Haut preisgaben. Lutschte Franziska an Phillips Zuckerstange, presste sich Zita an seinen Rücken und verwöhnte ihn mit ihren Lippen, Brüsten und Händen. Dann begann das Spiel von Neuem, allerdings anders herum.

Phillip seinerseits half seinen Gespielinnen sich zu entkleiden und steigerte deren Erregung ebenso geschickt, wie sie die Seine in die Höhe trieben. Phillip ließ sich in die Lust fallen und genoss die erotischen Empfindungen die ihm von seinen beiden Lustsklavinnen bereitet wurden. Lange hatte er auf diese komplette Stimulation seiner erogenen Zonen verzichten müssen. Besonders Zita war eine Meisterin auf der Klaviatur seiner Lustempfindungen. Hier machte sich ihre exzellente Ausbildung im Omeria bemerkbar. Sie würde Caro wohl unter ihre Fittiche nehmen müssen, denn er hatte keinen Bock darauf, noch länger auf diese Genüsse durch Caros Hände zu verzichten. Ursprünglich wollte er sie langsam dazu hinführen, aber nun wollte er nicht mehr länger warten.

Nachdem Phillip sich ganz der erotischen Massage seiner beiden Schönen hingegeben hatte, wurde er wieder wacher und aktiver. Er sog den Anblick seiner schönen Sklavinnen in sich auf und zog dann Franziska an seine Brust. Willig und geil folgte Franziska dem leichten Zug. Phillip ließ den zarten Druck von Franziskas erigierten Nippel auf sich wirken. Eine leichte Gänsehaut breitete sich über seinen Körper aus. Erregung machte sich in seinem Inneren breit, bezeugt durch seine hammerharte Ficklatte. Franziska versuchte ihre hungrige Möse über den Schwengel zu stülpen, was ihr Phillip aber verwehrte. Stattdessen schob er ihr seine Zunge in den Mund und begann sie leidenschaftlich zu küssen. Wie eine verdurstende auf der Suche nach einer Flüssigkeit erwiderte sie Phillips Küsse. Als sie sich nach einem endlos langen Kuss schwer atmend trennten, stiegen alle drei aus dem Becken und Phillip ließ sich von beiden Sklavinnen abtrocknen.

Zita und Franziska reinigten das Bad und folgten dann ihrem Meister ins Schlafzimmer. Phillip hatte es sich bereits auf dem übergroßen Bett bequem gemacht und lud seine beiden Gespielinnen ein, ihm Gesellschaft zu leisten. Hocherfreut folgten beide dem Ruf ihres Herrn und schmiegten sich an ihn. Zita konnte ihre Hände nicht bei sich behalten und begann ihren Herrn zu streicheln. Sie hob den Kopf und sah Franziska an. Beide verständigten sich mit Blicken. Dann begann Zita an zu sprechen:

"Bitte Meister, erlaube uns dich mit einer Aromamassage zu verwöhnen."

Phillip noch ganz im Nachklang der vorhergegangenen Genüsse gefangen, hob träge seinen Kopf und sagte zu Zita: "Erlaubnis gewährt."

Beide Mädels klatschten vor Freude in die Hände und verließen das Bett. Zu faul um seinen beiden Schönen Aufmerksamkeit zu schenken, schloss Phillip die Augen und döste vor sich hin. Er hörte sie kichern und schnattern und in Schränken und Schubladen wühlen. Dann waren auf einmal alle Geräusche verstummt, ehe Phillip das Klatschen nackter Füße auf dem Boden vernahm. Als Franziska und Zita den Raum betraten, erfüllten exotische Aromen die Luft. Ihre nackten, öl-glänzenden Leiber verströmten einen sinnlich betörenden Duft, der den ganzen Raum füllte. Phillip schnupperte ein wenig und versuchte die einzelnen Duftnoten zu erkennen.

Leicht senkte sich das Bett auf seiner rechten Seite als eine Sklavin sich zu ihm aufs Bett kniete. Mit ein wenig Verzögerung passierte dasselbe auf der anderen Seite. Da Phillip seine Augen immer noch geschlossen hatte, nahm er seine Hände zu Hilfe um zu erkennen welche seiner Dienerinnen sich auf welcher Seite befand. Die vollere, etwas weichere Brust in seiner rechten Hand ließ ihn wissen, dass sich hier Franziska befand. Die festere und kleinere Titte war Zita zuzuordnen. Er erforschte mit seinen Händen die unterschiedlichen Lusthügel der beiden Frauen. Als Tittenliebhaber genoss er die verschieden Formen des für ihn schönsten aller weiblichen Merkmale. Soviel Unterschied und doch so viel Gleichheit. Phillip war immer wieder aufs neue erstaunt, wie weich und doch zugleich fest dieses Gewebe war. Es lockte ihn an wie das Licht eine Motte, es zu streicheln, zu kneten, zu schlagen und zu küssen.

Zita und Franziska genossen Phillips walkende Hände an ihren Körpern. Mit einem kurzen Blick verständigten sie sich und begannen den sie berührenden Arm zu massieren. Im Gleichklang arbeiteten sie an Phillips Körper. Sorgfältig achteten sie darauf die Symmetrie zu wahren. Phillip genoss dieses Feuerwerk der Lüste, welches die beiden ihm bereiteten. Er stöhnte und ächzte, presste sich ihren wohltuenden Händen entgegen. Feurige Blitze durchzuckten sein Denken. Er war eins mit seiner Lust. Phillips Schwengel war bis zum Bersten mit Blut gefüllt. Seine Samenschleudern produzierten mit Höchstleistung ihre Saat. Die Samenblasen waren bis zum Platzen gefüllt. Phillip ließ sich fallen und mit einem ächzen entleerte er sich. Die beiden spermageilen Mädels machten sich über den eruptierenden Schwanz her und teilten sich die Beute schwesterlich. Anschließend leckten sie jeden Tropfen von Phillips Haut auf.

Phillips Schwanz hatte unter den Liebkosungen der Beiden nichts von seiner Spannkraft verloren. Außerdem sorgte die kleine lesbische Einlage der Beiden dafür, dass Phillip weiterhin unter Hochdruck stand wie ein Dampfkessel, bei dem das Sicherheitsventil klemmt. Der Raum war inzwischen von einem undefinierbaren Geruchsgemisch erfüllt. Die zarten Aromadüfte kämpften mit dem Geruch von Schweiß, Sperma und Mösensäften. Eine geradezu aufpeitschende Kombination, die wie Doping auf die Protagonisten wirkte.

Phillip gebot seinen beiden Lustludern sich für einen anständigen Fick bereitzuhalten. Er schickte Zita zu einem Schrank. Sie öffnete die bezeichnete Schublade und entnahm ihr den Cockring #5. Sie hatte zwar keine Ahnung was die Nummer bedeuten sollte, aber das musste sie auch nicht. Der Wunsch des Meisters war ihr Befehl. Zita kletterte wieder aufs Bett und überreichte ihrem Meister den Penisring. Der dankte ihr, indem er liebevoll in ihre linke Titte kniff. Zita seufzte genüsslich auf, stöhnte nach mehr. Spielerisch schlug er ihr auf die rechte Zitze und meinte lächelnd sie solle sich noch ein wenig gedulden. Geschickt streifte sich Phillip den Cockring über und klatschte seinen beiden Lustludern laut hallend auf den Allerwertesten. Laut auf juchzend und kichernd begaben sie sich in die befohlene Position. Phillip hatte nun die die Qual der Wahl welches der vier dargebotenen Löcher er nun zuerst besuchen sollte.

Franziska lag mit gespreizten Beinen auf dem Rücken und Zita lag bäuchlings auf ihr. Zwischen den beiden Frauen knisterte es gewaltig. Phillip spürte die erotische Spannung, die im Raum lag. Sie war fast greifbar. Er tauchte ein in das Meer des Begehrens und begann als erstes Franziskas Möse zu penetrieren. Nach einem Dutzend Stößen wechselte Phillip in Zitas glitschige, enge kleine Fotze. Dann wechselte er in Franziskas Schokofotze gefolgt von Zitas Hintereingang. So ging es eine ganze Weile weiter. Die beiden heißen Sklavinnen rieben ihre Fotzen hemmungslos aneinander und geilten sich gegenseitig immer weiter auf. Ihre Hände spielten mit den Titten und Nippeln der Schwester. Feucht glänzende Zungen leckten, schleckten und spielten in ihren Mündern.

Phillip stieß unverdrossen abwechselnd in die vier dargebotenen Löcher. Er ließ keins der Ficklöcher ungestopft. Von irgendwoher hatte Phillip zwei kleine Vibratoren herbeigezaubert. Mit ihnen heizte er die Geilheit seiner Süßen weiter an. Zita eröffnete das Flehen um einen erlösenden Orgasmus in das Franziska unmittelbar einfiel. Zweistimmig klang nun der flehende Gesang um Erlösung. Phillip genoss den Gesang seiner Lustsirenen bis er selbst fast nicht mehr konnte.

"Jaaahhhh meine Süßen, Kommt für mich! Lasst euch gehen."

Mehr hatte es nicht bedurft. Zita und Franziska explodierten in einem Feuerwerk der Lust. Phillip stieß ihnen seinen knüppelharten Schwanz im Gleichklang ihrer abnehmenden Orgasmen in die auslaufenden Mösen. Er spürte wie sich der Druck in seinen Eiern aufbaute. Er befahl seinen Frauen sich ihm zuzuwenden. Blitzschnell hatten sich Franziska und Zita in Position gebracht und warteten auf die Gabe Phillips. Der hatte inzwischen seinen Penisring gelöst und steckte seinen Wonneprügel in Franziskas Gesicht. Das reichte aus um Phillip seine Saat zu entlocken. Aufbrüllend verteilte er seinen sämigen Schleim in die Münder und über die Titten von Zita und Franziska.

Schnell schluckten die beiden Leckermäuler Phillips Saft. Dann machten sie sich über seinen langsam abschlaffenden Pimmel her. Nachdem sie Phillip sauber geleckt hatten, begannen sie damit sich gegenseitig zu säubern. Phillip sah ihnen lächelnd zu und genoss das zärtliche Spiel. Doch bevor sie sich vollends darin verloren, gebot Phillip ihnen Einhalt und schickte sie unter die Dusche. Er leistete ihnen dabei Gesellschaft. Es war natürlich klar, dass es dabei wieder zu erotischen Spielereien kam. Nur ungern lösten sich die drei voneinander. Die beiden Frauen trockneten Phillip zuerst ab, bevor sie sich einander zuwandten und sich gegenseitig halfen. Phillip verschwand in seinem Bett und beorderte seine Sklavinnen zu sich. Nur zu gern folgten sie seiner Anweisung und schmiegten sich links und rechts an ihren Herrn. Nachdem Phillip das Licht per Fernbedienung ausgemacht hatte, kuschelten sich die drei aneinander und fielen in einen erholsamen Schlaf... Der war aber auf einmal vorbei und Phillip hatte das Gefühl als ob es noch mitten in der Nacht sei, als er von einem feuchtheißen, saugenden Mund geweckt wurde.

"Guten Morgen Meister" flüsterte Zita um Franziska noch nicht zu wecken. "Es ist vier Uhr. Zeit für deinen Morgenlauf."

"Uuuuaaahhh" gähnte Phillip und sah seine kleine Sklavin verschlafen an. Dann realisierte er die Worte Zitas und war schlagartig wach. Er sprang aus dem Bett und forderte Zita auf, ihm zu folgen. Rasch eilte sie hinter ihm her. Unter der Dusche ließ er sich von Zita verwöhnen. Er blieb auch nicht faul und verpasste seinem lebenden Wecker einen genüsslichen Morgenfick. Nachdem er sich in Zita entleert hatte, wurde er von ihr nochmals gewaschen und dann abgetrocknet. Phillip verließ nackt das Badezimmer und ließ Zita alleine zurück. Er zog sich lediglich einen leichten Trainingsanzug an. Auf Unterwäsche verzichtete er wie gewöhnlich. Zita hingegen nahm eine gründliche Reinigung ihrer Öffnungen vor und war zufrieden als nach der dritten Darmspülung das ablaufende Wasser klar wieder herauskam. Rasch zog sie sich einen seidenen Kimono an und schlüpfte wieder zu Franziska unter die Decke. Zita schmiegte sich an ihre Freundin und fiel gleich darauf in einen leichten Schlummer.

Eine Stunde später war Zita wieder wach und weckte Franziska mit einem zärtlichen Kuss.

"Wach werden, du kleiner Langschläfer" flüsterte sie um ihre Gefährtin nicht zu erschrecken.

Mit müden Augen gähnte Franziska Zita an und maulte ein wenig mit ihr herum. Dann bemerkte sie mit Schrecken, dass ihr Meister nicht mehr im Bett war. Schlagartig war sie hellwach und alarmiert. Zita beruhigte sie und half ihr dann, sich für den Tag zurechtzumachen.

"Geh in die Küche und bereite das Frühstück vor." ordnete Zita an. "Ich werde Madame Caro und ihr Lustobjekt wecken gehen."

Schnell schlüpfte Zita in ihre 6 cm hohen Pantöffelchen und eilte zum Gemach ihrer Herrin. Leise klopfte sie an und huschte durch die Tür ins Schlafgemach. Zitas Augen bot sich ein wüster Anblick. Caro lag schräg, halb in ein zerknittertes Laken gehüllt, mit weit gespreizten Beinen auf dem Bett. Das rechte Bein hing auf den Boden herunter. Im Dreieck ihrer Schenkel kniete ihre Zofe und rang verzweifelt nach Luft. Die Kette an ihrem Halsband war straff gespannt, weil Caro in ihrem Lustrausch ihre gut gefickte und verschleimte Fotze ins Gesicht von Kleine Schlampe presste. Da deren Kette am Kopfende des Bettes befestigt war, konnte sie nicht weiter zurückweichen.

"Armes Ding" Dachte Zita mitleidsvoll als sie weiter aufs Bett zuging. "Allerdings könnte ich es mir als durchaus reizvoll vorstellen so an die Schnecke meiner Herrin, oder auf die Zuckerstange meines Meisters aufgespießt zu sein." dachte sie sich. Zita ging ums Bett herum. Als sie auf Caros Kopfhöhe war, ging sie in die Knie und flüsterte: "Madame, ... Madame Caro... es ist Zeit wach zu werden. Bitte erhebe dich... bitte Madame Caro..."

Nun traute sie sich und rüttelte leicht an Caros Schulter. Unwillig über die Störung öffnete Caro die Augen und grummelte Zita, noch immer im Halbschlaf gefangen, unverständlich an.

"Bitte Herrin, es ist schon nach 05:30 Uhr. Du solltest langsam aufstehen. Unser Meister befindet sich bereits auf seinem Morgenlauf. Es ist Zeit, dass du dich für unseren Herrn vorbereitest" flehte Zita ihre Herrin an.

Die Erwähnung Phillips ließ Caro schlagartig wach werden. Er hatte ihr ein so wunderbares Geschenk gemacht. Nein, sie wollte und durfte ihn nicht enttäuschen. Blitzartig löste sie sich von ihrer Lustbereiterin Tanja und zog diese zu sich aufs Bett. Caro bat Zita ihr zu helfen und gemeinsam päppelten sie die erschöpfte wieder ein wenig auf. Caro holte aus Phillips Räumen etwas von Sakuras Zaubertrank und flößte ihn der kaputten Gespielin ein. Schnell zeigte sich die belebende Wirkung des Tranks. Ihre Zofe erholte sich zusehends. Ihr Gesicht verlor seine Blässe und ihre Augen begannen wieder zu glänzen. Caro überlegte einen Moment.

Dann richtete sie das Wort an ihre Schwester Zita: "Kümmere dich um Kleine Schlampe während ich eben noch etwas erledige" kam es energisch von Caro.

"Sehr wohl Madame" erwiderte Zita und zog ihre neue Schwester hoch.

Ein wenig erstaunt war sie über Caros Energie und Entschlossenheit, die sie jetzt zeigte. Auf der anderen Seite zeigte dies aber auch, dass Caro eine wahre Herrin ist, sagte sich Zita. Sie legte sich Tanjas Arm über die Schulter und umfasste sie an der Hüfte. So führte sie die immer noch nicht vollends auf dem Damm befindliche Gespielin Caros ins Bad und begann bei ihr mit der morgendlichen Reinigungszeremonie.

Caro eilte beschwingt in die Zimmer ihrer Dienerinnen und kramte für jede ein spärliches Kleidungsstück hervor. Für sich selbst wählte sie einen Sari. Im Eingangsbereich befanden sich die entsprechenden Spinde. Caro wunderte es nicht, dass inzwischen auch für Estelle ein entsprechendes Fach vorhanden war. Schnell hängte sie die Fähnchen an die Schränke. Dann begab sie sich wieder nach oben um ihre morgendliche Reinigung vorzunehmen. Mit einem Blick sah Caro das Zita ihre Zofe wieder auf Vordermann gebracht hatte. Deshalb schickte sie Zita wieder hinunter in die Küche um Franziska zu helfen und befahl Tanja ihr selbst behilflich zu sein. Als Caro das Darmrohr von Tanja eingeführt wurde, versank sie in Erinnerungen an die vergangene Nacht:

Als Caro ihre Zofe an die Leine legte, folgte die ihrer Herrin sofort. Instinktiv hielt sie die Kette genau richtig. Nicht zu locker und nicht zu straff. Sie wahrte den genau richtigen Abstand zu ihrer Herrin und folgte ihr im gleichen Tempo mit dem sie voranging. Caro betrat ihren eigenen kleinen Wohnbereich in Phillips Haus. Sie empfand eine große Dankbarkeit über diese großzügige Geste ihres Herrn. In ihrem Boudoir angekommen ließ sie die Kette einfach zwischen Tanjas Titten fallen. Die blieb prompt, ihre Arme locker an den Seiten herabhängend, auf der Stelle stehen, während Caro zu ihrem bequemen, mit weichen Kissen ausgepolsterten Korbsessel weiterging. Sie ließ sich hineinplumpsen und drehte sich laut jubelnd einmal im Kreis. Als sie wieder ihr Spielzeug im Blick hatte, stoppte sie die Drehung, indem sie die Füße auf den Boden setzte. Dann befahl sie Tanja sich zu präsentieren.

Blitzschnell hatte sie die Anweisung ausgeführt. Caro betrachtete sie strahlend und hatte den Zeigefinger ihrer rechten Hand bis zum ersten Glied zwischen ihren vollen Lippen eingesaugt. Damit vermittelte sie den Eindruck eines kleinen Mädchens vor einer Reihe Naschereien, das nicht weiß welche sie auswählen soll. Mit der linken deutete sie ihrer Zofe an sich zu drehen. Tanja folgte dieser Aufforderung umgehend.

Caro stellte bewundernd fest: "Du bist so schön, du kleine Schlampe."

Errötend bedankte sich die so gelobte, ohne jedoch aufzuhören sich vor ihrer Herrin zu drehen. Da sie ihren Blick gesenkt hielt sah sie nicht, dass sie von Caro herangewunken wurde.

"Komm her!" befahl Caro scharf.

Erschrocken aufblickend folgte sie dem Befehl. Caro

griff sich den D-Ring des Halsbandes und zerrte die unglückliche nahe an sich heran. Tanja streng ins Gesicht blickend, zischte Caro: "Das halte ich wie mein Herr. Meine Sklavin hat mich stets anzusehen, außer ich befehle ihr etwas Anderes. Hast du das verstanden?"

Ohne eine Antwort abzuwarten peitschte sie leicht mit der Kette die erigierten Nippel ihrer Zofe. Die stieß, mehr vor Schreck, als vor Schmerzen, einen kläglichen Wehlaut aus. Grob stieß Caro ihre Zofe von sich und befahl ihr sich wieder auf den alten Platz zu begeben und sich weiterzudrehen. Verängstigt folgte Tanja dem harschen Befehl. Sie präsentierte sich und begann sich wieder zu drehen. Sie war ängstlich darauf bedacht den Augenkontakt zu ihrer Herrin nicht zu verlieren. Fast hätte sie das winzige Zeichen zum Näherkommen übersehen. Rasch eilte sie vor ihre Herrin und sank vor ihr auf die Knie, Caro immer dabei ansehend.

"Siehst du, so mag ich das, meine Süße" lächelte Caro und streichelte sie über ihren Kopf, als ob sie ein Schoßhündchen sei.

Dankbar blickte Tanja zu Caro auf. Die hakte den linken Zeigefinger in den D-Ring und zog Tanja langsam zu sich empor. Endlich waren ihre Gesichter auf gleicher Höhe. Tanja reagierte auf die geringste Veränderung im Zug der Kette. Langsam zog Caro ihr gegenüber immer näher zu sich heran. Schließlich berührten sich ihre Lippen zu einem zärtlichen Kuss. Immer fester presste Caro ihren Mund auf die Lippen ihrer Zofe. Langsam schob Caro ihre Zunge ihrer Gespielin entgegen und verlangte immer energischer Einlass in den Mund der Freundin. Tanja gab dem Drängen der herrschaftlichen Zunge nach und gewährte ihr den so dringend verlangten Einlass.

Der zuerst zarte Kuss artete langsam aber sicher zu einer wilden Knutscherei aus. Heftig züngelnd erforschten sie so ihre Mundhöhlen. Gegenseitig schoben sie sich ihren reichlich fließenden Speichel zu. Dabei tropfte er aus ihren nassen Mündern und benetzte Titten und Schenkel. Längst hatte Caro das Halsband losgelassen und begonnen ihre Geliebte mit den Händen zärtlich zu streicheln. Tanja hatte Mühe, ihre Hände bei sich zu behalten. Noch hatte ihre Herrin ihr nicht erlaubt, selbst aktiv zu werden. Immer fordernder wurden die tanzenden Finger auf Tanjas Haut. Stöhnend und seufzend drängte sie sich ihrer Herrin entgegen, um mehr von diesen begehrten Zärtlichkeiten zu bekommen.

Caros Fingerspitzen flatterten Schmetterlingen gleich über die empfindlichen Stellen ihrer Zofe. Dann wieder zupfte sie genüsslich an den harten Spitzen ihrer vor Lust bebenden Titten. Eine Hand verteilte gleichmäßige Schläge auf den Globen, während die andere sanft an der Blüte zwischen den fett geschwollenen Wülsten ihrer Möse spielte. Dieses Wechselbad der Gefühle zwischen leichten Schmerzen und hocherotischem Streicheln trieb Tanja an den Rand des Wahnsinns.

Schließlich konnte sie ihre Hände nicht mehr bei sich behalten und begann ihrer Herrin diese lustvollen Tätigkeiten zu vergelten. So trieben sie sich gegenseitig in die Ekstase. Caro hatte sehr wohl gemerkt, dass ihre Zofe jetzt eifrig mitmischte. Sie beschloss aber für sich, ihr dies durchgehen zu lassen. Zu schön waren die Gefühle die sie sich gegenseitig erzeugten. Zart und leicht wie ein Vogeltritt im Schnee krallten die Fingernägel von Tanja an Caros Flanken entlang. Ein genussvolles Seufzen entfloh Caros Mund. Sie ergab sich den gekonnten Streicheleinheiten ihrer Gespielin.

Caro wurde selbst wieder aktiver, nachdem sie Tanjas Zärtlichkeiten genossen hatte. Noch immer hatten sie ihre sabbernd küssenden Münder nicht voneinander getrennt. Wieder sog sie die Zunge ihrer Zofe tief in ihren Mund und lutschte daran wie an einem kleinen Schwanz. Caros Hand schlüpfte zwischen die Schenkel ihrer Lustsklavin und presste das geschwollene Lustfleisch in ihre Hand. Tanja stöhnte heiß in den Mund ihrer Herrin und revanchierte sich. Sie umspielte den Kitzler Caros mit drei Fingern und bereite ihr so höchste Wonnen. Im Gegenzug versenkte Caro drei Finger in der triefenden Dose der Zofe und presste den Daumen auf deren Kitzler.

Caro löste den Dauerkuss und flüsterte Tanja ins Ohr: "Untersteh dich zu kommen, meine kleine Hure."

Tanja stöhnte vor Geilheit auf. Diese verbale Erniedrigung und das anschließende lecken Caros in ihrem Ohr, ließ sie über die Klippe springen. Ihr Körper bebte, schüttelte und verkrampfte sich. Ihre Finger an Caros Kitzler packten schmerzhaft zu und rissen ihre Herrin aus allen Lustträumen. Jäh aus dem siebten Himmel herauskatapultiert, fluchte Caro ihre Zofe an:

"Das wirst du büßen" zischte Caro erbost. Im gleichen Moment schlug sie Tanja ins Gesicht.

"Gnade Herrin. Verzeih mir. Ich wollte das nicht" wimmerte Tanja unter dem Schock der kräftigen Ohrfeige. Dann nachdem sie wieder zur Besinnung gekommen war: "Ich habe einen Fehler gemacht und muss bestraft werden. Ich werde ertragen was du mir zugedacht hast, Madame."

Caro, selbst erschrocken über ihre ziemlich heftige Reaktion, zerrte, immer noch verärgert, ihre Untergebene in Richtung Schlafzimmer. Dort angekommen warf sie sich rücklings auf ihr Bett. Nach dem Motto ein schmerzender Kitzler ist ein schlechter Ratgeber, ließ sie die Missetäterin vor sich knien und befahl ihr sehr sorgsam die Schmerzen in ihrem Lustknopf zu lindern.

"Wie du befiehlst, Gebieterin" antwortete Tanja und senkte ihren Kopf in das Delta der Lust.

Federleicht wie ein Windhauch glitten ihre samtenen Lippen über den halb aus seinem Versteck lugenden Knopf. Sie murmelte Worte des Trostes und betupfte das vorwitzige Knöpfchen mit der Zunge. Caro erschauerte. Der Schmerz hatte sich in Lust gewandelt. Sie fühlte sich schon wieder so gut in Form, dass sie glaubte Bäume ausreißen zu können. Um nicht in einem neuerlichen Lusttaumel zu versinken, bat sie Tanja aufzuhören. Was diese auch umgehend tat.

Caro befand sich in einem euphorisierten Zustand. Ein lustvolles Hochgefühl ließ sie die ganze Welt rosarot sehen und auf Wolke Sieben schweben. Auf der anderen Seite rumorte ihr kleines Teufelchen und wollte auch mitspielen. Sie befand sich gefangen zwischen Skylla und Charybdis. Caro gab dem Drängen nach und beschloss die Unbotmäßigkeiten ihrer Zofe lustvoll zu bestrafen. So schlug sie gleich zwei Fliegen mit einer Klappe: Einmal wollte sie ihre Lustbefriedigung und zum Zweiten die Befriedigung ihrer zweifellos vorhandenen dominanten Ader.

"Aufs Bett! Luder" barschte Caro ihre Zofe an.

Beide Frauen durchfuhren Lustschauer. Caro zum einen, weil die Macht sie berauschte und Tanja weil eine Bestrafung auf sie wartete, die für sie durchaus im Orgasmushimmel enden konnte. Flink kletterte sie aufs Bett und wartete auf weitere Anweisungen ihrer Herrin. Caro kramte im Kasten unter dem Bett und holte ein festes Polsterkissen hervor. Dieses schob sie ihrer Zofe unter den Bauch und gab ihr zu verstehen alle Viere von sich zu strecken. Tanja folgte willig und schnell Caros Maßgaben. Nun bildete ihr Hintern den höchsten Punkt. Rasch fesselte Caro die Gliedmaßen ihres Spielzeugs an den Ecken des Bettes.

Tanja konnte nur noch ihren Kopf frei bewegen. Caro schritt einmal um das Bett herum und erfreute sich an ihrem Werk. Wieder am Kopfende angekommen, beugte sie sich über ihr "Opfer" und zog dessen Kopf an den Haaren in die Höhe, bis Tanja ihr direkt in die Augen sehen konnte.

"Du weißt warum du nun bestraft wirst?"

"Jawohl, Madame Caro" quetschte Tanja aus ihrem überstreckten Hals. "Ich habe meine Hände beim Liebesspiel benutzt und dich in den Kitzler gebissen" folgte es heiser und gequält.

Abrupt löste Caro den Griff in den Haaren und ließ den Kopf von Tanja mit den Worten: "Das hat man davon, wenn man nicht hören kann" fallen. Hart plumpste

Tanja mit dem Gesicht auf die Matratze und stöhnte dumpf auf. Caro arrangierte noch ein paar Kleinigkeiten und zündete Kerzen an. Dann war es soweit.

Tanja erwartete die ersten Schläge. Doch es kam anders als sie es erwartet hatte. Caro setzte sich seitlich aufs Bett und begann Tanja zu streicheln. Sie ließ ihre Hand sanft über die Rundungen ihres Hinterteils gleiten. Fast zärtlich fuhr sie die Konturen ihrer Oberschenkel nach und streichelte über die beiden Backen. Wie zufällig berührte sie auch ihre prallen Schamlippen, die zwischen den Oberschenkeln herauslugten. Tanja hatte mit dieser Berührung nicht gerechnet, jetzt zog sie jedoch tief die Luft ein und ließ ein lautes, lustgetränktes Stöhnen hören. Da ihre Sinne völlig auf ihr Hinterteil konzentriert waren, auf dem sie den ersten Schlag erwartet hatte, war sie besonders empfindlich für diese Berührungen. Schlagartig wurde sie von einer intensiven Lustwelle durchflutet. Sie konnte nicht verhindern, dass ihren Lippen ein lang gezogenes, wohliges Stöhnen entfloh.

Caro hatte immer noch nicht aufgehört sie zu streicheln und zu stimulieren. Im Gegenteil: Je mehr Tanja stöhnte, um so direkter streichelte Caro sie an ihren empfindlichen Körperteilen. Tanja entspannte sich und gab sich ganz ihrer Lust hin.

KLATSCH!

Während sie sich vollständig auf die Liebkosungen durch Caro konzentriert hatte, hatte diese ohne Vorwarnung mit der Gerte zugeschlagen. Tanja spürte nur noch einen scharfen, schneidenden Schmerz, der ihr durch Mark und Bein ging. Sie konnte einen lauten

Aufschrei nicht vermeiden. Der Schmerz trieb ihr die Tränen in die Augen. Die soeben noch erfahrene Lust und der nicht erwartete Schmerz vermischten sich für Tanja zu einem intensiven Gefühlchaos.

Noch bevor sie sich darüber klar wurde, was genau sie empfand, hatte Caro bereits wieder begonnen, sie zu streicheln. Wieder wurde sie von Lust durchflutet. Der Schmerz, der eben noch ihr ganzes Bewusstsein erfüllt hatte, war nur noch ein Nachhall in ihrer Erinnerung. Wieder überwog das Hochgefühl, welches die zärtlichen Berührungen von Caro hervorriefen. Tanja entspannte sich wieder, um dieses Lustgefühl zu genießen.

KLATSCH!

Erneut hatte Caro zugeschlagen. Wieder zuckte der schneidende Schmerz der Gerte durch Tanjas Körper. Ihr wurde schwarz vor den Augen. Und doch spürte sie, wie sich neben dem Schmerz auch Erregung und ängstlich, lustvolle Erwartung mischte. Sie wollte diese, durch die sanften Berührungen verursachte intensive Lust spüren und hieß den durch die Schläge verursachten Schmerz willkommen.

Wieder hatte Caro begonnen, sie zu streicheln. Jetzt spürte Tanja, wie sie auch direkt ihre Möse und ihren Kitzler stimulierte. Es war ein unbeschreibliches Gefühl für sie. Durch die Konzentration auf ihr Hinterteil spürte sie jede Berührung Caros. Das Glühen, welches die ersten beiden Schläge hinterlassen hatten, verstärkte dieses Empfinden um ein Vielfaches.

"Na du Luder, das gefällt dir wohl auch noch?" Caro

hatte ihre Finger jetzt tief in Tanjas Lustkanal geschoben. Erst jetzt wurde Tanja bewusst, dass sie nicht nur feucht war, sondern regelrecht auslief. Was musste Caro nur von ihr denken? Tanja war nicht in der Lage, Caros Frage zu beantworten. Sie war hin und her gerissen zwischen ihrer Lust und ihrer Scham. Sie wünschte sich nur, Caro möge weitermachen mit dieser Behandlung...

Die ließ sich Zeit, viel Zeit. Die zärtlichen, lustvollen Berührungen und die harten schmerzhaften, doch trotzdem lustvollen Schläge wechselten sich ab. Für Tanja versank die Welt um sie herum in Bedeutungslosigkeit. Sie war nur noch auf ihren Arsch und ihre Fotze, auf den Schmerz und ihre Geilheit konzentriert. Caro verstand es diesen Zwiespalt der Gefühle aufrecht zu erhalten. Schläge und sanfte Berührungen wechselten sich in einem unvorhersehbaren Rhythmus ab. Tanja drängte ihren gepeinigten Körper den quälenden Händen entgegen. Ihre Tränen der Hingabe belohnten Caro.

Endlich hatte Caro ein Einsehen mit dem heulenden, zitternden und um Erlösung flehenden Bündel Mensch vor ihr. Sie stellte ihre gekonnten Attacken ein und ließ Tanja ganz langsam zur Ruhe kommen. Als sie sich einigermaßen erholt hatte, löste Caro ihre Fesseln und drehte sie auf den Rücken. Dabei flüsterte sie ihr zu, dass dies erst der erste Teil ihrer Strafe für das unerlaubte Bewegen der Arme war. Nun würde sie noch für den Biss in ihre Perle büßen. Noch halb in ihrem Delirium verhaftet, nahm Tanja die Ankündigung ihrer Herrin nur mit halbem Ohr wahr. Widerstandslos ließ sie alles mit sich machen. Caro selbst war klatschnass unter ihrem Latexcatsuit. Das lustvolle Leiden ihrer

Dienerin hatte sie dermaßen erregt, dass ihr Schweiß unter dem Latexanzug durch die Öffnungen hervorquoll, sich mit dem reichlich fließenden Schleim ihrer Saftfotze vermengte und eine unvergleichliche Duftkomposition ergab, der sich beide Frauen nicht entziehen konnten. Caro berauschte sich an der Duftkomposition ihrer beiden geilen Frauenkörper und schmiegte sich eng auf ihre Untergebene. Sie führte deren Hände wieder ans Kopfende und fixierte sie dort. Dann schlängelte sie sich wieder hinunter und fesselte die Beine ihres Spielzeugs x-förmig an das Fußende des Bettes. Caro versank in den Anblick des gefesselten Körpers vor ihr. Es war ein wunderschönes Bild.

Tanja lag wie ein großes X mit geschlossenen Augen auf dem Bett. Ihr Brustkorb hob und senkte sich unter der noch immer schweren Atmung von der vorherigen Anstrengung. Ihre vollen Brüste fielen leicht nach außen. Die keck aufragenden Nippel luden zum Spielen ein. Wieder schlängelte sich Caro küssend über den Körper der Freundin nach oben. Begierig leckte sie die Schweißperlen vom Gesicht der gefesselten Sklavin. Es war wie ein Aphrodisiakum für sie. Sich von dem geilen Körper unter ihr losreißend, kniete sich Caro zwischen die gespreizten Schenkel von Tanja und begann das grausame Spiel von neuem. Zärtlichkeiten und Hiebe mit Hand oder Gerte wechselten sich in keinem erkennbaren Rhythmus ab.

Tanja genoss dieses erregende, die Sinne hochpeitschende Spiel. Sie schwamm in einem Meer der widersprüchlichsten Gefühle. Unbemerkt von ihr griff sich Caro eine dicke, brennende Kerze und begann das heiße flüssige Wachs auf ihren Körper zu träufeln. Der Schmerz, den das heiße Wachs verursachte, drang durch Tanjas Lustdämmern und ließ sie erschrocken aufquieken. Sie bäumte sich in den Fesseln auf und brachte ihren Körper so dem heißen Wachs noch näher. Caro variierte die Höhe aus der sie das Wachs auf den sich windenden Körper tropfen ließ. Sie stellte die Kerze nach einer Weile beiseite und begann ihre süße Gefangene mit einem Federbusch, wie er früher zum Staubwedeln benutzt wurde, zu kitzeln.

Tanja bebte und zitterte am ganzen Körper. Ihre voluminösen Titten hüpften und sprangen unter den wirren Zuckungen ihres Leibes. Ihr beinahe irreklingendes Lachen und Kichern wurde nur von den krampfhaften, röchelnden Atemzügen unterbrochen, mit denen ihre Lungen versuchten dem Körper den so dringend benötigten Sauerstoff zuzuführen. Caro achtete dabei sehr genau auf die Reaktionen ihres Kitzel Opfers. Als Tanja bei Caro den Eindruck hinterließ, dass sie nicht mehr konnte, beendete Caro sofort ihr Spiel. Mit beruhigenden Worten und Streicheleinheiten, holte sie ihre Liebste wieder in die Gegenwart zurück.

Keuchend und erschöpft lag Tanja in ihren Fesseln. Vorsichtig begann Caro das erkaltete, harte Wachs zu entfernen. Liebevoll liebkoste sie jede freiwerdende Stelle und katapultierte ihre Zofe wieder auf Lustwolke Nummer Sieben. Nach einer, wie es Tanja schien, unendlich langen Zeit, hatte ihre Herrin sie vom Wachs befreit. Sie schwebte am Rande eines unvorstellbaren Höhepunktes. Dann tobten plötzlich wieder Schmerzen wie Blitze, von ihren Nippeln ausgehend, durch ihren Körper. Die wiederum wurden von einer anderen Quelle, die ihren Ursprung in ihrem Schoß hatte, beantwortet. Caro hatte ihrer Süßen Klemmen an Nippel und Lustperle, deren scharfe Zacken unbarmherzig ins zarte Fleisch bissen, angebracht. Tanja lag enttäuscht und den Tränen nah in ihren Fesseln. Caro kletterte unterdessen vom Bett und kramte wieder in ihrem Kasten.

Triumphierend stieg sie wieder aufs Bett, in den Händen ihre gefundenen Schätze. Stolz hielt sie Tanja die Gegenstände vor Augen. Da war zuerst einmal die Y-Kette die Caro sogleich an den Klammern anbrachte. Dann schwenkte sie einen Strap-On vor Tanjas Gesicht. Freudig leuchteten ihre Augen auf - würde sie jetzt endlich zum Orgasmus gefickt?

Ihr gehauchtes "Bitte..., ... bitte... Madame..." war fast nicht zu vernehmen, da die Geräusche der aneinanderschlagenden Riemen des Strap-On sie übertönten.

Caro bückte sich, brachte ihr Gesicht nah an das ihrer Zofe und hauchte ihr mit vor Erregung heiserer Stimme entgegen: "Siehst du diesen Strap-On? Diesen Lümmel werde ich mir in meine gierige, übernasse, triefende Fotze schieben. Hier" damit hielt Caro zwei ziemlich große Fotzensprenger in die Höhe, "mit diesen beiden Wonneprügeln werde ich dir Arsch und Fotze aufreißen, bis du nicht mehr weißt ob du Männlein oder Weiblein bist und alle Englein im Himmel singen hörst."

Tanja dachte lediglich, dass sie irgendwann demnächst endlich Erlösung finden würde. Alles andere war ihr egal. Währenddessen begann Caro sich das Fickhöschen anzulegen. Sie führte sich den Latexprügel in ihre schleimtriefende Fotze ein und achtete darauf, dass der Klitstimulator richtig saß. Gierig sog ihre Möse das

Teil ein. Tanja durfte die Teile, die sie beglücken sollten erst einmal schön nass machen. Mit Hingabe
lutschte sie daran, als ob ihr Leben davon abhinge.
Dann befestigte Caro die zwei Außendildos und war
nun bereit ihre Partnerin in den Himmel der Lust zu
stoßen. Als sie so mit ihren Vorbereitungen beschäftigt
war, kam ihr der Gedanke ob das nun Selbstbefriedi-
gung sei, wenn sie Tanja fickte und sich dabei selbst
verwöhnte. Doch Caro war inzwischen so fickrig geworden, dass ihr alles egal war und sie alle Bedenken
über Bord warf.

Sie löste die Beinfesseln ihrer Gespielin und befestigte
die Füße neben den Händen am Kopfende des Bettes.
Nun lagen die Ficköffnungen bereit vor ihr. Caro setzte
erst den Analpimmel an, bevor sie mit dem etwas grö-
ßeren Kunstschwanz in die überkochende Möse von
Tanja eindrang. Mit einem Ruck schob Caro ihr die
Kunstschwänze in die aufnahmebereiten Löcher. Dann
verharrte sie einen Moment so, um ihrer Süßen Gelegenheit zu geben, sich an die Eindringlinge zu gewöhnen. Dann begann sie zu stoßen, erst langsam, rhyth-
misch um sich dann zu einem moderaten Tempo ein-
zustoßen.

Tanja stöhnte und hechelte. Sie versuchte jeden Stoß
mit einem Gegenstoß zu beantworten. Schnell näherte
sie sich wieder dem Gipfel. Doch bevor sie diesen ganz
erklimmen konnte, zog Caro an der Kette und schickte
Schmerzen durch ihren aufgepeitschten Körper. Enttäuscht heulte Tanja auf und bettelte um die Gnade
kommen zu dürfen.

"Gemach, gemach meine Süße" murmelte Caro, dabei
das Tempo ihrer Fickstöße vermindernd. Wieder heul-

te die enttäuscht und bettelte um mehr und härtere Stöße. Problemlos erhöhte Caro das Tempo, um es nach einiger Zeit wieder herauszunehmen. Mit kreisenden Bewegungen trieb sie ihre Umschnalldildos wie einen Quirl in Tanjas Liebeshöhlen. Jedes Mal wenn ihre Gespielin knapp vor dem heiß ersehnten Höhepunkt angelangt war, peinigte Caro ihre Zofe mit kurzem heftigem Reißen an der Y-Kette. Tanja schwamm in einem Konglomerat der gegensätzlichsten Gefühle, die sich langsam aber sicher zu einem Crescendo der Lüste vereinten.

Auch Caro war inzwischen dem Himmel nah. Ihr Klitstimulator heizte ihr genauso ein, wie sie ihrer kleinen Zofe. Es fiel Caro immer schwerer die überlegene Herrin zu sein. Jeden Stoß, jede Bewegung, die sie ihrer kleinen Schlampe verpasste, kam zurück wie ein Bumerang und steigerte ihre Lust. Caro war noch soweit beisammen, dass sie ihrer Zofe die Erlaubnis gab zu kommen, bevor sie ihre Selbstbeherrschung aufgab. Das Vibrieren und Zittern ihres Unterleibs und ein spitzer, nur mühsam unterdrückter, Schrei verrieten Tanja, dass sich ihre Herrin ebenfalls in den Orgasmus getrieben hatte. In einem Finale furioso, kamen Herrin und Geliebte gleichzeitig. Ihre Seelen flogen gemeinsam dem Paradies entgegen und ließen erschöpfte, ausgelaugte Körper zurück.

Caro erwachte aus ihrem Rausch als erste. Jede Bewegung des in ihr steckenden Kunstlümmels verursachte ihr Unbehagen an ihrem überreizten Kitzler und der schmerzenden Mösenmuskeln. Sie hätte nie gedacht, das Ficken derart anstrengend sein kann. Erschöpft richtete sich Caro auf. Sie löste die Gurte des Dildohöschens und entließ den Eindringling erleichtert aus ihrer saftenden Lustgrotte. Allerdings war sie dabei gleichzeitig enttäuscht über die Leere in ihrem Unterleib. Sich innerlich über ihre unersättliche Schwanzgier tadelnd, löste sie die Fesselung ihres Opfers. Tanja bekam das gar nicht richtig mit, so sehr war sie noch in ihrer eigenen Welt versunken.

Caros Ganzkörperkondom glitschte quietschend auf der Schweißschicht ihrer Haut bei jeder Bewegung hin und her. In der nun herrschenden Stille, kam Caro dieses Geräusch ziemlich laut und unangenehm vor. Als sich Caro in Bewegung setzte, um für ihre erschöpfte Liebste etwas von Sakuras Stärkungstrank zu besorgen, kam nun noch ein platschendes Geräusch hinzu als wenn ein kleiner Junge voller Genuss in Pfützen springt. Caro spürte wie ihr angesammelter Schweiß in den Füßlingen bei jedem Schritt ihre Zehen umspülte.

Sie flößte Tanja das Stärkungsmittel ein. Liebevoll kümmerte sie sich um ihre Sklavin. Dabei dachte Caro darüber nach wie seltsam doch das Leben manchmal sein kann. "Ich bin selbst eine Sklavin, habe mich meinem Herrn unterworfen und habe nun selbst ein eigenes Spielzeug" Kopfschüttelnd und innerlich lächelnd ging sie weiter ihrer Arbeit nach. Endlich hatte sie Tanja soweit, dass sie ihr nun zur Hand gehen konnte. Caro umarmte sie, küsste sie leicht auf die Lippen und forderte sie auf ihr ins Bad zu folgen.

Dort angekommen ließ sich Caro von ihr aus ihrem Latexkostüm helfen. Erleichtert schüttelte sich Caro aus. Ihre Titten hüpften dabei aufreizend hin und her. Tanja leckte sich die Lippen und stöhnte unbewusst dabei.

"Na, na. Willst du wohl sauber bleiben? Reinige den

Anzug und hänge ihn zum Trocknen auf. Und dass sich deine frechen Fingerchen nicht verirren" ermahnte Caro ihre süße scheinbar immergeile Zofe.

"Jawohl Madame" kam es zerknirscht von Tanja, weil sie sich von Caro durchschaut fühlte.

Caro stieg in die Dusche, ließ die warmen Wasserstrahlen auf ihren verschwitzten Körper prasseln und begann sich zu waschen. Tanja begann mit ihrem Auftrag. Sie wendete das gute Stück und dabei kam ihr Caros weiblicher Duft wieder einmal in die Nase. Sie konnte nicht widerstehen, schnüffelte im Schritt des Anzugs und ließ ihre Zunge spielen. Verzückt schleckte sie Caros Säfte vom Latex ab. Selbstvergessen in ihre Tätigkeit versunken, bemerkte sie nicht, dass die Geräusche, die sie erzeugte, Caro auf sie aufmerksam machten. Caro blickte lächelnd zu Tanja, die gerade ein Bein des Latexanzuges mit geschlossenen Augen durch ihren Schlitz zog, dabei bewegte sich Ihr Leib im Takt entgegengesetzt dazu.

Caro beschloss alle Fünfe gerade sein zu lassen, weil sie die Gefühle ihrer Zofe nur allzu gut nachvollziehen konnte. Aus irgendeinem Gefühl heraus öffnete Tanja die Augen und sah ihrer Herrin ins Gesicht. Rot werdend widmete sie sich flugs wieder ihrer Pflicht.

"Wenn du mit dem Anzug fertig bist, kommst du her und hilfst mir beim Eincremen" meinte Caro zu ihr.

Tanja bestätigte ihren Auftrag und ging mit Feuereifer daran den Anzug fertig zu reinigen. Sie wollte durch ihr williges Verhalten den schlechten Eindruck wieder wettmachen. Eine kleine Weile später war es soweit:

"Madame, wie kann ich dir am besten behilflich sein?" Damit hielt sie ein großes, weiches, flauschiges und vorgewärmtes Tuch vor Caro. Die kuschelte sich hinein und ließ sich von ihrer Zofe sanft abtrocknen. Dann deutete Caro auf ein Gefäß welches eine beige glänzende Creme enthielt. Tanja verstand und begann nun ihre Herrin wunschgemäß damit einzucremen. Die wurde durch die sanften, massierenden Griffe ihrer Dienerin schon wieder erregt. Sie griff selbst zur Creme und begann ihre Süße ebenfalls einzucremen. Schnell war schon wieder eine aufgeheizte, erotische Spannung zu spüren, doch sorgte Caro dafür, dass die Streicheleinheiten im Rahmen blieben. Endlich waren die Frauen fertig mit ihrer erotischen Massage und ihre Münder verschmolzen in einem alles verzehrenden Kuss.

Nachdem sie sich voneinander gelöst hatten, überließ Caro ihrer Zofe das Feld. Sie schlüpfte in ihre Pantöffelchen und überließ ihrer kleinen das Aufräumen, während sie ins Schlafzimmer ging und in ihr Bett schlüpfte. Hier wartete sie nun auf Tanja, die kurz darauf atemlos ins Zimmer kam. Nach ein, zwei Schritten blieb sie im Raum stehen. Die schummrige Beleuchtung warf ein anheimelndes Licht auf Tanja und schmeichelte ihrer Figur. Caros Augen und Seele labten sich an ihrem Anblick.

Sie hob die Bettdecke an und winkte ihre Dienerin zu sich. Dankbar schmiegte sich Tanja in die Arme ihrer Herrin. Die spürte die Unsicherheit ihrer Kleinen und begann erst einmal beruhigend auf sie einzuflüstern. Caros einschmeichelnde Stimme ließ Tanja ins Schwärmen geraten. Sie träumte vom Dienen, Belohnungen für treue Dienste, Gedanken an Strafen für Fehler blitzten hin und wieder auf, wurden aber immer wieder von lustvolleren Träumen verdrängt. Beschwörend, ja fast schon hypnotisch hämmerten die Worte auf Tanja ein. Mit einem Mal schien es ihr sonnenklar zu sein, dass es so sein musste, wie es sich nun ergeben hatte. Die junge Frau Tanja existierte nicht mehr. Es gab nur noch die Sklavin Tanja. Sie war ihrer Herrin verfallen. Ab jetzt gehörte Tanja Caro mit Haut und Haaren. Langsam dämmerte Caro in einen Halbschlaf hinein. Sie träumte davon, dass ihre Schnecke sich der besonderen Aufmerksamkeit ihrer Zofe erfreute, die sie mit Mund, Zunge und Händen auf zärtlichste verwöhnte...

Ja, sie hatte Tanja den Auftrag gegeben sie die die ganze Nacht zu verwöhnen. Dabei hatte sie gar nicht die ganze Nacht gemeint. Aber eine brave Sklavin tut eben was man ihr aufträgt. Nein eine Entschuldigung kam nicht in Frage, eine Herrin entschuldigt sich nicht. Aber dafür musste sie ihre Zofe noch einmal besonders Loben.

"Du warst sehr tapfer meine Kleine. Du hast dir damit ein paar Pluspunkte verdient. Ich bin sehr stolz auf dich" damit nahm sie ihre Zofe in den Arm und küsste sie zärtlich. Tanja erglühte vor Stolz wie ein Flutlicht im Fußballstadion und bedankte sich überschwänglich für die erwiesene Gnade. Sie hatte es geschafft! Sie konnte ihre Herrin glücklich machen und zufriedenstellen. Gleichzeitig durchströmte sie ein orgasmusartiges Glücksgefühl. Das war das schönste was ihr passieren konnte. Tanja wusste nun, sie hatte ihre Bestimmung gefunden.

Unterdessen hatten Franziska und Zita ihre Vorbereitungen zum Frühstück abgeschlossen. Nun knieten sie auf ihren Polstern und warteten auf Caro und ihre Zofe. Leise unterhielten sich die beiden um die Wartezeit zu überbrücken. Sie wunderten sich, warum sie kein Brot gefunden hatten und hofften von Caro Anweisungen für die weitere Vorgehensweise zu bekommen.

Beide mochten Caro sehr und waren neugierig wie sie mit der neuen Gefährtin zurechtkommen würden. Sie waren beide der Meinung, dass sie bestimmt gut zu ihnen passen würde, weil ihr Meister bestimmt mehr als nur ein Auge auf die Zusammenstellung seines Harems gehabt hatte. Leises Klatschen seitens Caros ließ die beiden vorlauten Sklavinnen zusammenzucken und erröten.

"So, so, ihr glaubt also, dass wir alle zusammen ein gutes Team bilden werden. Das ist sehr gut und wir werden es auch schaffen, damit sich unser Herr an uns erfreuen kann."

Damit trat Caro gefolgt von Tanja in die geräumige Wohnküche.

"So Mädels dann woll'n wir mal. Kommt mit."

Caro als Dienstälteste Sklavin Phillips, strahlte so viel natürliche Souveränität aus, dass ihr die anderen ohne Zögern folgten. Im Eingangsbereich zeigte Caro ihnen ihre Spinde mit der jeweiligen Tageskleidung. Eigentlich waren es nur mehr oder minder große Stofffetzen die die entscheidenden Stellen eher betonten als bedeckten.

"Zieht euch an, Zita holt dann den Transporter und wir

fahren alle gemeinsam zum Bäcker" ordnete Caro an.

Flink befolgten die Mädels Caros Anweisungen und enterten den von Zita bereitgestellten Wagen. Caro saß vorn neben Zita, Tanja und Franziska hinten. Die erste Sklavin des Hauses gab der Fahrerin die Richtung vor und nach ein paar Minuten hielten sie etwa 100 Meter vom Geschäft entfernt an. Caro leinte ihre kleine Schar an und führte sie in die Bäckerei. Bis auf zwei miteinander schwatzenden Kundinnen war der Laden leer.

"Guten Morgen, Frau Meisterin, guten Morgen die Damen. Mich kennen sie ja schon. Ich möchte ihnen heute meine Schwestern vorstellen. Eine von uns wird immer mal wieder persönlich vorbeikommen um die Rundstücke zu holen. Und nun stellt euch vor!" funkelte Caro ihre drei Mädels an.

Zita knickste und machte den Anfang: "Ich bin Sklavin Zita und Dienerin meines Herrn Meister Winter und seiner 1. Sklavin Madame Caro."

Franziska folgte mit einem etwas weniger eleganten Knicks und denselben Worten.

"Ich bin Tanja. Ich bin Sklavin von Meister Winter und bin die persönliche Zofe meiner Herrin Madame Caro" erläuterte sie, nachdem sie einen Knicks versucht hatte.

Tanjas Versuch eines Knickses wurde von Caro mit einem Stirnrunzeln bedacht. Die beiden anderen Kundinnen beobachteten das Schauspiel mit Verachtung. Sie zischten eifrig verächtliche Kommentare in die Welt. Die Bäckersfrau grinste und lächelte die vier fröhlich an. Sie war so eine Person, die nichts mehr überrascht oder aus der Fassung bringt. Caro gab ihre Wünsche an und Franziska durfte die frischen Backwaren in Empfang nehmen. Caro nahm die Leinen auf und fröhlich zwitschernd verließen die vier den Laden. Sie folgten Caro zum Wagen, während zwei empörte Hausfrauen ihrem Abscheu über derart Abartiges lautstark kundtaten. Nur die Bäckersfrau grinste weiterhin still vergnügt in sich hinein.

Wieder zu Hause angekommen, hingen die vier ihre spärliche Kleidung in die Spinde und begaben sich in die Küche. Hier bereiteten sie das restliche Frühstück vor und warteten auf Phillip. Jede kniete auf einem Kissen und ließ ihre Gedanken schweifen. Tanja und Franziska flüsterten miteinander. Caro bemerkte, dass Zita still in sich gekehrt war und fragte sich warum. Sie würde wohl nach dem Frühstück mit ihr sprechen müssen. Bevor Caro noch irgendetwas sagen konnte, stand Phillip im Raum. Praktisch zum gleichen Zeitpunkt hatte Zita die Demutshaltung mit den Handflächen nach oben eingenommen, als Zeichen, dass sie etwas Wichtiges zu sagen hatte.

Phillip setzte sich wortlos an den Tisch und nickte seinen Dienerinnen zu, sich zu ihm an den Tisch zu setzen. Caro nahm neben Phillip Platz und begann ihn zu bedienen. Franziska und Tanja versorgten sich selbst. Dabei achtete Tanja genau auf Caro um ihr zur Hand zu gehen, wenn es nötig sein sollte. Nachdem Phillip den ersten Kaffee getrunken hatte, gab er Zita die Erlaubnis zu sprechen.

"Ich bitte um Vergebung Meister" fing Zita an zu erzählen, richtete sich dabei auf und blickte Phillip offen an.

"Dass ich erst heute Morgen Berichte. Das ist ein Versäumnis, welches bestraft werden muss. Ich habe gestern von diesem Terminal hier in der Küche die allgemeinen Tagesroutinen deines Hauses aufgerufen, um mich mit den Abläufen vertraut zu machen, damit ich dir optimal dienen kann. Durch einen "Fingerprint Error" bin ich in den geschützten Firmenbereich gelangt. Ich habe diese Tastenkombination von einem anderen Terminal aus nochmals versucht und bin wieder in den geschützten Bereich gelangt."

"Wieso wusstest du die Kombination noch. Du sagtest doch, es sei ein Zufall gewesen" fragte Phillip erregt.

"Verzeiht Herr, aber ich bin in meiner Ausbildung darauf gedrillt worden, meine letzten Fingerübungen auf der Tastatur zu wiederholen. Daher habe ich instinktiv die Kombination wiederholen können. Dann habe ich sie mir gemerkt und hab mich in deinem Büro an den PC gesetzt. Von dort habe ich sämtliche Terminals blockiert und eine Nachricht an Meister Tanaka geschickt."

"Und warum rückst du erst heute damit raus?" fragte ein verärgerter Phillip nach.

"Du warst gestern Abend in einer so gehobenen Stimmung und glücklich, da wollte ich dich nicht mit diesem Ärger belasten. Außerdem hatte ich alle Verbindungen nach außen gekappt, sodass niemand von draußen ins Hausnetz eindringen konnte. Ich weiß das ich mich nicht ganz korrekt verhalten habe und bitte um meine Bestrafung."

Phillips andere Mädels lauschten erschrocken den Ausführungen Zitas. Phillip hatte sich inzwischen wieder beruhigt, da er begriffen hatte, dass Zita alles in ihrer Macht stehende richtiggemacht hatte. Nur die späte Benachrichtigung musste geahndet werden. Aber das musste er Zita nicht so genau auf die Nase binden, oder? Nein Vertrauen gegen Vertrauen. Seine Dienerinnen mussten wissen, nur absolute Ehrlichkeit kann die nötige vertrauensvolle Basis für ihr gemeinsames Zusammenleben schaffen.

Nachdem Zita ausgeredet hatte, ergriff Phillip wieder das Wort: "Sklavin Zita im Prinzip hast du richtig gehandelt."

Über Zitas Gesicht huschte ein Lächeln der Erleichterung, das auch nicht verschwand als Phillip weitersprach: "Über die Strafe für dein Versäumnis werde ich später entscheiden. Nun erhebe dich und setze dich zu uns an den Tisch."

"Danke Herr" kam es von einer überglücklichen Zita, als sie ihren Platz einnahm.

Phillip erlaubte wie üblich zum Frühstück das freie Gespräch und bald plapperten die Schönen über alles und nichts. Phillip wurde von der fröhlichen Stimmung seiner Mädels angesteckt und neckte seine Schönen hin und wieder. Trotz aller Lockerheit achteten sie darauf Phillip die ihm gebührende Aufmerksamkeit zu schenken und zu verwöhnen, was er sich gern gefallen ließ. So hatte er genügend Gelegenheiten seinen Geliebten an die nicht vorhandene Wäsche zu gehen und ihre aufregenden erogenen Stellen ausgiebig zu berühren und zu genießen. Ein, zwei Finger in dieses Fötzchen geschoben, jenen Nippel gelutscht, hier die roten Lippen geküsst und dort das Ärschen getätschelt. Phillip fühlte sich wie ein Pascha im Sexschlaraffenland. Bei allem Genuss beobachtete er jedoch genau seine Liebsten. Erfreut stellte er fest, dass es keinerlei Eifersucht zwischen seinen vier Frauen gab.

Phillip beglückwünschte sich im Stillen, dass sein Instinkt ihn nicht in die Irre geführt hatte. Die Mädels spürten Phillips Zufriedenheit. Auch sie waren glücklich, dass sie sich so gut verstanden. Wie auf ein geheimes Zeichen hin beendeten sie ihr Frühstück und begannen ihren Herrn mit allen ihnen zur Verfügung stehenden Mitteln der erotischen Verführungskunst zu reizen. Unmerklich für die anderen sorgte Caro dafür, dass Zita in den Genuss des herrschaftlichen Schwanzes kam und ihre morgendliche Portion Eiweiß erhielt. Nachdem sie ihren Meister entspannt hatten, knieten sie sich vor Phillip und sahen ihn erwartungsvoll an. Caro fragte ihren Herrn wie sie ihm heute am besten dienen könnten.

"Sorge dafür, dass das Haus geputzt wird. Wir erwarten heute noch Gäste. Beginnt mit dem hiesigen Bereich. Ich überlasse die Einteilung dir. Um Zehn treffen wir uns im Folterkeller. Zita kommt mit mir" damit erhob sich Phillip und verließ mit Zita im Schlepp die Küche. "Ach und noch etwas", sagte er in der Tür über die Schulter, "lass dir von Sakura helfen. Bitte Jan darum, er weiß Bescheid."

Caro dankte Phillip. Sie begann sogleich ihre Anweisungen zu erteilen. Dann griff sie zum Telefon und rief bei Sakura an. Nach kurzer Rücksprache Caros mit Jan bekam Sakura die Erlaubnis Caro zu unterstützen. Kurz darauf kam Sakura mit Lucille im Schlepptau an.

Caro sank in eine tiefe Verbeugung um Sakura als der älteren ihren Respekt zu bezeugen. Sakura erwiderte diesen Gruß mit einer nicht ganz so tiefen Verbeugung, während Lucille sich am tiefsten verbeugte. Eine Winzigkeit bevor Sakura sich wieder aufrichtete, hatte Caro diese Bewegung begonnen, während Lucille als letzte wieder gerade stand.

Herzlich begrüßten sich dann die beiden Alphafrauen mit einem tiefen Zungenkuss. Neidisch und etwas bedröppelt mit einer Spur Eifersucht, hatte sie sich doch ein wenig in Caro verliebt, schaute Lucille dieser intimen Begrüßung zu. Nachdem sich Caro von Sakura gelöst hatte, blickte sie fragend zu Sakura. Die nickte bejahend und Caro zog Lucille in eine liebevolle Umarmung und küsste sie genau so innig wie ihre Herrin. Glücklich schmiegte sich Lucille an Caro. Gleichzeitig wusste sie aber auch, dass dieses kleine Glück immer von der Gnade ihrer Herrin abhängig war.

Sakura nahm dies alles mit einer Spur Ärger zur Kenntnis. Mit dem feinen Gespür ihrer weiblichen Intuition entging Caro Sakuras gut getarnter Hauch Eifersucht natürlich nicht. Sanft küsste sie Sakura auf die Wange und hauchte ihr ins Ohr, dass sie gleich reden müssten. Sakura nickte zustimmend und erklärte Lucille ihre Aufgaben. Während Caro mal für kleine Sklavinnen verschwand, bereitete Sakura Lucille fürs putzen vor und schickte sie an die Arbeit. Wieder in der Küche zurück, setzten sich Caro und Sakura erst einmal für einem Kaffee zusammen. Caro rückte näher an Sakura heran und begann zu sprechen:

"Sakura, ich bin dir sehr dankbar, dass du als meine ältere Schwester mir so zur Hand gehst und hilfst" damit hatte Caro ihr nochmals Respekt gezollt und führ fort bevor Sakura etwas erwidern konnte.

"Ich habe bemerkt, dass dir Lucille's liebevolles anschmiegen an mich missfallen hat. - Halt! Lass mich bitte erst ausreden" merkte Caro auf, als Sakura sie unterbrechen wollte. "Sie liebt dich sehr, mehr als ihr eigenes Leben. Aber sie hat auch Angst vor dir. Sie traut sich nicht dir ihre wahren Gefühle für dich zu offenbaren. Sie hat Angst davor, von dir als respektlos behandelt und bestraft zu werden, wenn sie sich an dich schmiegt und ihr Herz sprechen lässt."

Wieder machte Caro eine abwehrende Handbewegung als Sakura etwas sagen wollte. "Du bist immer gleich Distanziert, ja unnahbar. Gefühle scheinen dir gegenüber deinen Zofen fremd zu sein. Dabei sehnen sie sich so nach einem Hauch von Zärtlichkeit und Zuneigung deinerseits. Zeige ihnen offen deine Gefühle für sie und sie werden für dich durchs Feuer gehen."

Caro machte eine Pause um sich ihre nächsten Worte genau zu überlegen. Sie wusste dies würden die entscheidenden sein. Sakura war still in sich gekehrt. Ihre Lippen hatte sie zu einem schmalen Strich zusammengepresst. Zu sehr hatten sie die Worte Caros getroffen. Die führte nun weiter aus:

"Das hat nichts mit deiner und ihrer Liebe zu deinem Herrn zu tun. Er ist es den du liebst. Ihm gehört dein ganzes Herz, so wie meines meinem Herrn gehört. Aber deswegen liebe ich auch meine Zofen, anders zwar, aber sie spüren meine Liebe zu ihnen. Ich erwidere die Gefühle, die sie für mich haben. Auch sie lieben in erster Linie ihren Meister, dann erst mich und das ist gut so." Als sie ausgeredet hatte, zog Caro Sakura tröstend in die Arme und küsste sie sanft auf die geschlossenen Augen. Wobei sie dann wohl mehr zu sich selbst weiter murmelte.

"Allerdings bin ich mir bei Tanja nicht so sicher. Ich glaube da ist es eher umgekehrt." Caro hob Sakuras Gesicht um ihr den Mund zu küssen. Wie ein Hauch glitt Caros Mund über Sakuras zusammengepresste Lippen. Langsam verstärkte Caro den Druck und ließ ihre Zungenspitze über den verkniffenen Mund Sakuras tanzen. Langsam löste sich Sakuras Verkrampfung unter dem Ansturm von Caros zärtlichen Bemühungen.

Zaghaft lächelte sie Caro an: "Ok, nun lies mir mal weiter die Leviten."

"So schlimm ist es nun auch wieder nicht" lächelte Caro ihre Freundin an. Dann fuhr sie fort: "Ich weiß du lebst in der strengen Tradition deiner Heimat. Aber glaube mir, Güte und Liebe ist kein Zeichen von Schwäche, sondern von Stärke. Denn nur der wirklich Starke, kann sich Liebe und Güte leisten. Es ist keine Schwäche, wenn du deinen Zofen ab und zu ein wenig Freundlichkeit entgegenbringst. Nutzen sie das aus, dann gibt es immer noch die Möglichkeit die Keule zu schwingen" unwillkürlich musste Caro bei der Vorstellung von einem Keulen schwingenden Sakura grinsen. Sie konnte sich die Freundin eher als Samurai-Kriegerin vorstellen, das passte besser zu ihr.

"Was grinst du so blöde?" ärgerte sich Sakura und knuffte Caro in die Seite.

"Du mit Keule..." prustete Caro erneut los und steckte

Sakura mit ihrem herzhaften Lachen an. Für einen kleinen Moment war Sakura unbeschwert und glücklich, bevor sie wieder ernst wurde.

"Aber wie kann ich denn auf meine Zofen zugehen ohne mein Gesicht zu verlieren?" wundert sich Sakura.

"Lass es einfach auf dich zukommen und lege deinen Gefühlen keinen Zwang an" erwiderte Caro. Dann fuhr sie fort: "Sieh es doch einfach so als wenn wir zusammen sind. Zuerst warst du auch bei mir verkrampft und bist dann lockerer geworden."

Sakura wandte sich ab um ihrer Freundin nicht die Nässe in ihren Augen zu zeigen. Caro schmiegte sich von hinten an sie und reichte ihr ein Taschentuch um ihre Augen zu trocknen. Die Dämme brachen bei Sakura und sie heulte Rotz und Wasser. Die Tränen flossen ungehemmt ihr Gesicht hinab. Immer wieder von Schluchzern unterbrochen, erleichterte Sakura ihr Herz. In Caro hatte sie eine verständnisvolle Zuhörerin gefunden. Wo Caro Berührungspunkte zu ihrer eigenen Situation erkannte, hörte sie besonders aufmerksam zu. Es tat Sakura gut, sich endlich einmal alles von der Seele reden zu können. Nach einer guten dreiviertel Stunde lagen sich beide schluchzend in den Armen. Sakura aus Erleichterung sich endlich alles von der Seele geredet zu haben und Caro aus Mitgefühl für ihre ältere Schwester.

Endlich hatten sich beide wieder beruhigt und lösten sich voneinander. Als sie sich so sahen, brachen sie spontan in schallendes Gelächter aus. Mit ihrer im Gesicht verteilten Schminke, rotgeheulten Augen und schniefenden Nasen, sahen sie aber auch verboten aus.

Caro fasste sich als erste und schob Sakura vor sich her ins Bad. Glücklicherweise waren alle Dienerinnen außer Sicht, sodass sie sich unbemerkt wieder aufhübschen konnten. Es wäre den beiden Herrinnen doch zu peinlich gewesen, sich so zu zeigen. Als sie wieder in der Küche saßen um noch einen Schluck Kaffee zu sich zu trinken, sah auch für Sakura die Welt wieder rosiger aus. Sie bedankte sich nochmals bei Caro für ihr offenes Ohr und schlug vor zu zeigen wie die Arbeit der Dienerinnen kontrolliert wird. Begeistert stimmte Caro zu. Denn sie war sich im Klaren darüber, dass sie nur mit Güte und Liebe gegenüber ihren Schwestern allein nicht weiterkommen würde. Also begaben sie sich auf einen Kontrollgang.

Unterdessen war Zita Phillip ins Arbeitszimmer gefolgt. Phillip setzte sich an seinen Schreibtisch und befahl Zita zu sich. Sie befreite seinen Liebesspeer und nachdem sie ihn zu voller Härte gebracht hatte, ließ sie sich auf ihm nieder. Phillip dirigierte seinen Freudenspender in das triefende Fötzchen von Zita. Nachdem sie sich bequem auf seinem Schoss platziert hatte, drehte sich Phillip mit ihr zum Schreibtisch. Während Zita ihre Hände auf die Tastatur legte, glitten Phillips Hände auf Zitas Titten und begannen sie zärtlich zu verwöhnen. Zugleich beackerte Phillip die Nippel seiner lustvoll stöhnenden Sklavin. Zita begann mit äußerster Selbstbeherrschung ihre Erläuterungen. Sie zeigte Phillip die Tastenkombination und alles was sie daraufhin weiter unternommen hatte.

Zita hatte gerade alles erklärt, als Jan in den Raum trat. Phillip begrüßte den eintretenden herzlich. Doch Jan versteckte sich wieder einmal hinter seiner Maske des servilen Dieners. Verblüfft starrte Zita den Halbjapaner an. Die Witzfigur sollte der gefürchtete, strenge Meister Tanaka sein? Dabei vergaß sie ihn zu begrüßen, bis Phillip ihr den entsprechenden Befehl ins Ohr flüsterte. Zita erschrak und errötete zugleich, fasste sich aber schnell wieder. Sie erhob sich vom Schoß ihres Herrn und mit einem "Plopp" verließ Phillips Wonneprügel die warmfeuchte Grotte Zitas, die das mit Bedauern zur Kenntnis nahm. Rasch eilte sie zu Jan, knickste und sagte:

"Diese Sklavin wird Zita genannt. Sie bittet euch untertänigst darum, euch begrüßen zu dürfen, wie es einem Herrn zusteht."

"Schön, schön kleine Sklavin" entgegnete Jan "aber zunächst will ich erst einmal testen ob du meinen Ansprüchen genügst."

Damit hielt er ihr den linken Zeigefinger entgegen. Schnell sank sie auf die Knie und ließ eiligst den Finger zwischen ihren gierigen Lippen verschwinden. Phillip beobachtete das Ganze vergnügt. Jan ging, die eifrig nuckelnde Zita hinter sich herziehend zu Phillip hinter den Schreibtisch. Zita krabbelte eiligst hinterher, bemüht ja nicht den Kontakt zum dargebotenen Finger zu verlieren. Jan setzte sich auf Phillips Platz, den dieser ihm geräumt hatte. Zita hockte nun zwischen seinen Knien und bekam nun die Erlaubnis Jans bestes Stück zu verwöhnen. Zita setzte ihr ganzes Können ein, um den besten Freund ihres Herrn zufrieden zu stellen.

Ihre weichen Lippen umschmeichelten den samtweichen, pilzförmigen Kopf während die Zunge in das kleine Fischmaul piekte. Sanft hauchte sie einen Strom warmer Luft über den leckenden Kopf. Jan erschauerte unter den Künsten der Sklavin. Langsam saugte sie den Schaft in ihren Schlund bis ihre Lippen das Schambein Jans berührten. Langsam entließ sie den pulsierenden Schaft und versenkte ihn wieder in ihrem Blasemäulchen. Ihre Zunge umspielte unablässig den Lustbolzen Jans. Zitas schlanke, zarte Finger kraulten den Sack, wogen die Eier und massierten sie zeitgleich sanft. Mit der anderen Hand kratzte sie leicht an der Sacknaht und ließ einen Finger in Richtung Rosette wandern. Vorsichtig stimulierte sie Jan und presste immer wieder ein wenig mit dem Finger gegen den empfindlichen Ringmuskel. Jan entspannte sich und schwupp war der Finger im Darm verschwunden. Nun massierte Zita sanft die Prostata und Jan konnte sich nicht länger beherrschen. Mit einem gepressten Stöhnen entlud er sich in Zitas willigen Mund. Nachdem sie Jans Ladung geschluckt hatte, schleckte sie den Samenspender sauber und verpackte ihn wieder in Jans Hose.

In seiner unnachahmlichen Art bedankte sich Jan bei Phillip und lobte die Sklavin für ihr Können. Er meinte noch abschließend, dass Zita schon fast so gut wie Caro sei. Diese Bemerkung erfüllte Zita mit Stolz, weckte aber zugleich den Ehrgeiz noch besser zu werden in ihr. Jan ließ sich von Zita noch einmal die Tastenkombination zeigen und gab sie in ein Programm ein. Prompt liefen die Sicherheitsabfragen in einem Höllentempo über den Bildschirm. Jan widmete sich wieder seinem Spielzeug. Zita genoss die Zuwendungen Jans.

Leider war die Zeit für ihren Geschmack viel zu kurz. Als nämlich die Abfrage beendet war, hatte Jan Zita schon vergessen. Hochkonzentriert überprüfte er die Meldungen und seufzte dann erleichtert auf. Lächelnd meinte er dann zu Phillip, dass der Trojaner noch keinen Schaden anrichten konnte, weil Zita so umsichtig gehandelt hatte. Zita wuchs vor Stolz. Ihr Kopf glühte wie ein 1000 Watt Strahler.

"Du solltest sie dafür belohnen" meinte Jan nebenbei zu Phillip und vertiefte sich in seine Arbeit.

Phillip winkte Zita zu sich und gestattete ihr seinen Schwanz hart zu blasen um sie dann anschließend ordentlich durchzuficken. Als Jan seine Arbeit beendet hatte, gesellte er sich zu den beiden und dämpfte Zitas Lustschreie indem er ihr einfach seinen Fleischknebel in ihr williges Lutschmaul stopfte. Während beide Männer Zita fickten unterhielten sie sich als ob sie gar nicht dabei wäre. Jan berichtete Phillip ausführlich über den Versuch ihn auszuspionieren. Der Virus war von der Firmenzentrale aus eingeschleust worden. Das hieß da musste noch jemand mit im Spiel sein. Jan hatte nun aber alle Vorkehrungen getroffen, um die Gefahr abzuwehren und den Spion zu enttarnen.

Mit Beendigung des Gespräches kümmerten sich die beiden wieder intensiv um Zita, bis sie schreiend im Orgasmusstrudel versank. Als Zita wieder in der Gegenwart angekommen war, eröffnete ihr Phillip, dass sie und die anderen sich so viele Orgasmen verschaffen können wie sie wollen. Voraussetzung sei natürlich, dass keine Arbeit liegenblieb. Zita bedankte sich überschwänglich und schwebte an ihren Arbeitsplatz im Büro. Zuerst versorgte sie sich mit Füllungen und setzte sie in Betrieb. Eifrig machte sie sich an ihre Arbeit. Nach einer guten Stunde hatte sie alles soweit erledigt.

Phillip schickte sie zu Caro um sich zum Putzen einteilen zu lassen. Kaum hatte sie die Büroräumlichkeiten verlassen, hörte Zita schon das Gejammer ihrer Schwestern, die von Caro wegen mangelnder Sorgfalt gezüchtigt wurden. Verschreckt ging Zita näher. Als sie in der Tür stand knickste sie und bat ihre Herrin darum näher treten zu dürfen. Die Erlaubnis wurde ihr gnädig erteilt.

"Stell dich dahin" kam es von Caro "damit du siehst wie nachlässige Hausmädchen bestraft werden."

Schnell huschte Zita an die bezeichnete Stelle und sah ihre Herrin aufmerksam an. Aufmerksam beobachtete sie die vor ihr ablaufende Szene. Als erfahrene Sklavin erkannte sie sofort, dass Sakura die treibende Kraft war. Anscheinend zeigte sie ihrer Freundin wie sie ihre Zofen motivieren musste, um sie zu Höchstleistungen zu bringen. Aus den halblaut gesprochenen Worten entnahm sie, dass beide Herrinnen an Stellen kontrolliert hatten, an die ein Normalsterblicher nicht einmal im Traum denken würde.

"Ganz schön fies die beiden" dachte Zita. Dann fiel ihr aber wieder ihre eigene Ausbildung im Omeria ein. Die war hart und auch die Konsequenzen, die die gemachten Fehler nach sich zogen. Zita war sich nun sicher, dass sie auch nicht anders handeln würde, stünde sie an Caros Stelle. Denn entscheidend war doch der Wille des Herrn. Ihm musste genüge getan werden.

Franziska hatte ihre Strafe bereits erhalten. Tränen rannen ihr schmerzverzerrtes Gesicht hinab. Sie hielt ihre offenen Hände in Brusthöhe vor sich und Zita konnte die feuerroten Male in den Handflächen erkennen. Caro hielt nun den Staubwedel vor Franziska. Diese knickste leicht, küsste mit Hingabe das Strafinstrument und dankte ihrer Herrin für die Belehrung. Mit der Bemerkung: "Das du mir nächstes Mal sorgfältiger arbeitest" legte Caro den Staubwedel in Franziskas schmerzende Hände.

Caro ging nun zu Tanja. Sie umkreiste sie und nannte sie ein sorgloses Luder, das ihrem Namen alle Ehre mache. Sie müsste sich sogar überlegen ob sie ihr nicht den Namen Riesendummfaulschlampe geben sollte. Sie würde aber noch einmal Gnade walten lassen. Zwölf Stockhiebe auf ihre faulen Hände sollten genügen. Tanja hielt nun mit blassem Gesicht ihre offenen Hände vor sich, während Caro sich hinter die Delinquentin stellte und ihr den Staubwedel aus dem Arsch zog, wo sie ihn vorher geparkt hatte. Caro schmiegte sich von hinten an ihre persönliche Zofe und hielt ihr den Stiel vors Gesicht. Zärtlich liebkoste Caro das rechte Ohrläppchen und hauchte:

"So du kleines Miststück, küsse die Gerte die dich züchtigen wird."

Tanja senkte den Kopf um den Staubwedel zu küssen. Caros Gesichtsausdruck wechselte. Mit einem schmutzigen Grinsen schob sie drei Finger in die vor Erregung überfließende Lustgrotte von Tanja. Rasch und hart fickte sie die erbebende. Nur unter Aufbietung übermenschlicher Kräfte konnte Tanja ruhig bleiben und einen Orgasmus verhindern. Caro entging das natürlich nicht. "Brav, gut gemacht Miststück" weil Tanja nicht aufgehört hatte den Staubwedel zu küssen.

Rasch trat Caro neben ihre Zofe und ließ den Staubwedel auf Tanjas rechte Hand sausen. Die quiekte erschrocken auf und zog die Hände reflexartig weg. Zu überraschend und unvorbereitet traf sie der schmerzhafte Schlag.

"Willst du wohl stillhalten! Noch einmal so etwas und die Strafe verdoppelt sich" zischte Caro ihrer Zofe ins Gesicht.

Tanja erbleichte. Die doppelte Anzahl Hiebe würde sie nicht durchstehen. Mit bebenden Lippen entschuldigte sich Tanja und versprach Besserung. Mit ihren nächsten Worten bat sie um ihre Bestrafung für ihren Fehler.

Gewollt böse blickte Caro die Delinquentin an und meinte zu ihr als sie ihr mit einem Dildo die Möse stopfte: "Das du ihn ja nicht verlierst! Und jetzt halt die Hände still!"

Schnell hatte Caro ihren Rhythmus gefunden und die Handflächen ihrer Zofe bearbeitet. Die Hände waren geschwollen und ließen sich nur noch mühsam schließen. Als Caro ihr den Staubwedel vors Gesicht hielt, beugte sie sich vor, küsste hingebungsvoll das Marterinstrument und dankte ihrer Herrin für die Belehrung. Mit derselben Bemerkung wie bei Franziska legte sie den Staubwedel in die offenen Hände der Bestraften.

"Du hast den Dildo in dir behalten. Dafür wirst du nicht für das wegzucken bestraft" sagte Caro zu Tanja. "Macht euch wieder an die Arbeit. Dass ihr mir diesmal keine Fehler macht" gab Caro ihnen mit auf den Weg.

Tanja bedankte sich noch einmal überschwänglich für die Güte ihrer Herrin und folgte ihren beiden Schwestern. Da es ihr schwer fiel den Staubwedel mit ihren schmerzenden Händen festzuhalten, nahm sie ihn einfach in den Mund. Es sah schon eigenartig aus wie sie so mit dem Staubwedel quer im Mund hinter ihren Schwestern herdackelte. Als Franziska und Zita sie so sahen, mussten sie sich ein grinsen verkneifen. Andererseits wussten sie beide, dass sie sich eine Feindin machen würden, wenn sie sie auslachten. Ein kurzer Blick zwischen den beiden und wie auf ein Kommando nahmen sie ihre eigenen Staubwedel wie ihre Leidensgenossin in den Mund. Prompt mussten alle drei losprusten. Das Gelächter wirkte befreiend und mit Eifer machten sie sich ans Werk.

Zita übernahm den schwierigsten Teil der Arbeit, da ihre Hände heute noch nicht mit einem Strafinstrument Bekanntschaft gemacht hatten. Fröhlich schwatzend ging den Dreien die Arbeit flott von der Hand. Zita erzählte von ihrem Vormittag und meinte dann:

"Vorwärts Mädels, wenn wir uns beeilen, haben wir noch Zeit uns ein wenig zu verwöhnen. Unser Meister hat mir für heute so viele Orgasmen erlaubt wie ich will und das schönste daran ist, ich darf euch daran teilhaben lassen."

Nach dieser Ankündigung brach natürlich Jubel aus und die Mädels legten sich mächtig ins Zeug. Caro und Sakura lächelten sich an. Auch sie freute das kleine Glück der Dienerinnen. Da meinte Caro plötzlich zu Sakura: "Komm wir gesellen uns zu unseren Schwestern und holen uns einen Orgasmus ab. Schließlich sind auch wir Dienerinnen unseres Herrn und zurzeit dienst du ja auch meinem Meister."

"Nein, das will ich lieber lassen. Aber ich hole meine Kleine mal her, damit sie auch ein wenig Spaß hat" meinte Sakura und wandte sich ab um Lucille zu holen. Neugierig schlenderte Caro hinterher. Als sie die Abstellkammer erreichten in der Lucille tätig war, klappte Caros Kinnladen nach unten.

Sakura hatte Lucille gut gefesselt und mit verschiedenen Staubwedeln versehen. Das hatte Caro noch nicht gesehen. Sie ließ sich von Sakura die Fesselung zeigen und war erstaunt, dass Lucille in der Lage war, die geforderte Arbeit zu leisten. Auf Caros Nachfrage gab Sakura die einfache Antwort:

"Training, eisernes Training."

Während Sakura ihre Kleine von den Fesseln befreite, flutete Erleichterung durch Caros Körper. Sakura hatte sie mit ihrer Weigerung sich an der Orgasmusparty zu beteiligen vor einer Riesendummheit bewahrt. Schließlich war sie ja die Herrin der drei Zofen und verkörperte unter anderem Phillips Macht und Willen. Da machte es sich nicht gut, wenn sie sich als orgasmusgeile Schlampe gezeigt hätte. Von dem Gesichtsverlust gar nicht zu reden...

Das hätte Phillip ganz sicher nicht gefallen. Deshalb hatte ihr Meister der süßen also Lust ohne Reue erlaubt. Da musste sie sich erst noch dran gewöhnen, dass sie in Phillips Abwesenheit seinen Willen vertrat. Als Caro dies klar war, überzog auf einmal ein Grinsen ihr Gesicht. Ganz schön fies dieser kleine Test für sie. Wäre Sakura nicht gewesen, sie wäre in die Falle ihres Meisters getappt.

"Ich glaube ich muss mich bei dir bedanken Sakura." kam es von Caro. Dann fuhr sie fort: "Du hast mich vor einer ganz, ganz großen Dummheit bewahrt."

"Wieso denn? Ich habe doch gar nichts gemacht, nur meine kleine Lucille erlöst" grinste sie ihre Freundin an.

Beide Frauen lachten und umarmten sich. Sie spürten ihre tiefe Verbundenheit und waren froh darüber. Caro ließ sich von Sakura noch einiges über Lucilles Fesselung erklären und ging dann mit Sakura zu den sich vergnügenden Zofen. Amüsiert lächelnd schauten beide Alphafrauen ihren Zofen zu, bis sie das Spiel beendeten. Dann trieben sie die vier Zofen zur Eile. Sakura schickte Lucille zu Caro. Sie würde im Folterkeller ihren Herrn treffen. Der Begriff Folterkeller löste bei den Zofen unterschiedliche Gefühle aus, die jedoch ausnahmslos negativer Art waren. Sakura verabschiedete sich und ging ihr eigenes Heim.

Caro forderte die Mädchen auf ihr zu folgen. Aufmerksam folgten sie ihrer Herrin durch das riesige Haus. Endlich hatten sie das private Fitnesscenter erreicht.

"Voilà, da sind wir" und Caro öffnete die Tür. Vor den Augen der erstaunten Neulinge im Hause Winter tat sich ein komplett eingerichtetes Sportstudio auf. Die beiden Meister standen schwer atmend in der Mitte des Raumes und erwarteten die Frauen.

Während Caro knickste, blickte sie ihren Meister aufmerksam an und stellte fest, dass er von seinem Freund ganz schön gefordert worden war. Das Kampfsporttraining zeigte jedenfalls mehr Spuren an Phillips Körper, als an Jans. Caro fragte sich allerdings wo die beiden Männer trainiert hatten, denn hier in der Folterkammer war eigentlich nicht genügend Platz dafür vorhanden. Sie mussten wohl von der Sporthalle herübergekommen sein.

"Guten Tag Herr, guten Tag Meister Tanaka" begrüßte Caro die Herren, wir sind gekommen euch zu dienen."

Flugs beeilten sich die vier Begleiterinnen Caros, es ihr gleich zu tun. Wortlos winkte Jan Lucille zu sich und setzte sie auf ein Trainingsrad. Es war dasselbe auf dem Caro auch schon das Vergnügen gehabt hatte malträtiert zu werden. Jan verkabelte Lucille und setzte ihr die Bildbrille auf. Er kontrollierte noch einmal den Sitz der Füllungen und deren Hub. Als Jan mit den Einstellungen zufrieden war, gab er Lucille den Auftrag loszustrampeln. Sie würde schon merken welche Trittfrequenz sie einzuhalten habe. Während Phillip dabei war Franziska und Tanja auf den Laufbändern zu fixieren bereitete Jan zwei Stepper für Phillip und sich vor.

Phillip füllte die Fotzen der beiden mit vergoldeten Edelstahlvibratoren. Dann stopfte er beiden Frauen die Rosetten mit Analstöpseln, an denen ein Bügel befestigt war, welcher dafür sorgte, dass den Mädels die Fotzenfüllung nicht verloren gehen konnte. Als nächstes setzte Phillip Franziska Klammern auf Kitzler und Nippel, wobei er jede Zitze einzeln mit dem Kitzler verband. Bei Tanja nutzte er die Piercings um die Nippel mit dem Lustknubbel zu verbinden. Phillip prüfte den straffen Sitz der Ketten und legte sodann den beiden Schrittfesseln an.

So wurde ihre Schrittlänge auf 30 cm begrenzt. Nun verkabelte er die beiden Lustsklavinnen. Als letztes schloss er ihre Handgelenke an die Haltestangen der

Laufbänder an. Dann trat er einen Schritt zurück und betrachtete zufrieden sein Werk. Franziska und Tanja gefielen ihm ausgezeichnet, wie sie so an die Geräte gefesselt waren.

"Toll seht ihr aus" fing Phillip an, "so gefallt ihr mir. Ihr werdet jetzt anfangen gehen zu lernen. Bisher seid ihr wie Trampeltiere durch die Welt gelatscht. Das sieht nicht gut aus. Meine Sklavinnen gleiten in kleinen eleganten Schritten über den Boden und schwanken nicht mit dem Oberkörper wie der schlappe Höcker eines Dromedars hin und her. Deshalb werdet ihr hier auf dem Laufband den eleganten und gleichzeitig erotischen Gang einer perfekten Lustzofe erlernen."

Phillip machte eine kleine Pause, in der ihn die beiden ans Laufband gefesselten Sklavinnen erschrockenen Auges ansahen, bevor er ihnen weiter erläuterte:

"Es liegt an euch wie schmerzhaft es wird. Wenn ihr die Fußkette zu sehr anspannt werdet ihr Strafimpulse bekommen, seid ihr zu schnell oder langsam gibt's Stromstöße. Die Ketten werden euch daran erinnern euren Oberkörper ruhig zu halten. Ich denke ihr werdet erst einmal zwei Stunden Zeit zum Üben haben, bis Caro ihre Übungen beendet hat."

Damit schaltete er die Laufbänder ein. Franziska und Tanja mussten in einem moderaten Tempo losgehen. Dann wandte er sich Caro und Zita zu, die in Wartehaltung aufmerksam das Geschehen beobachteten. Zunächst legte Phillip Zita Fesselmanschetten an. Dann führte er eine etwa 1 Meter lange Kette durch den vorderen Ring am Halsband und befestigte die Kette an den Karabinerhaken der Manschetten. Zitas Bewe-

gungsspielraum ihrer Hände war nun deutlich einge-
schränkt. Inzwischen waren die ersten Stöhn- und
Schmerzlaute von den beiden Sklavinnen auf den
Laufbändern zu hören.

Phillip ließ sich davon nicht beeindrucken und legte
Zita Oberarmmanschetten an, die er mit einer kurzen
Kette verband. Ihre Ellenbogen waren nun hinter dem
Rücken fixiert und sie konnte ihre Hände nur noch eingeschränkt benutzen. Dadurch wurden ihre hübschen
Tittchen wirkungsvoll nach vorn gedrückt. Ein durchaus verführerischer Anblick wie Phillip fand. Er ließ
sich aber davon nicht irritieren und machte weiter. Als
nächstes hängte er Zita eine Kette an die Nippel. Es
folgte eine lederne Kopfhaube mit schmalen Sehschlit-
zen. Daneben waren nur noch Öffnungen für Nase und
Mund vorhanden. Durch das Loch am Hinterkopf zog
er Zitas Haare, sodass sie in einem lustigen Pferdeschwanz bei jeder Bewegung auf und ab wippten.

Dahinein flocht Phillip eine Schnur an dessen anderem
Ende sich ein kleiner Karabinerhaken befand. Am Ka-
rabiner hängte Phillip eine Perlenkette ein, die straff
durch Zitas Schritt durchführte und die er am Nasen-
ring der Maske befestigte. Tief presste sich die Perlen-
schnur zwischen Arschbacken und Mösenlappen Zitas
und reizte Kitzler und Rosette. Blitze der Lust zuckten
durch Zitas Körper. Was war es bloß, dass sie so auf
jeden Handgriff ihres Meisters reagieren ließ? Sie war
wie Wachs in seinen Händen. Nun kürzte Phillip die
Kette zwischen ihren Nippeln und hakte sie straff an
die Perlenkette, sodass bei jeder Bewegung Zitas, ein
Zug auf die Perlenkette ausgeübt wurde. Hierdurch
rieben die Perlen nun intensiv über Kitzler und Rosette. Sie hielten Zita auf einem sehr hohen Geilheitsni-

veau. Die blickte Phillip mit vor Geilheit glänzenden Augen, verträumt an. Ihr Herr hatte wieder einmal genau die richtige Mischung aus Lust und Schmerz gefunden, um ihr süße Qualen zu schenken. Phillip der ihren Blick zu deuten wusste, grinste sie an und gab ihr den Auftrag Caro für ihre Übungen vorzubereiten. Er erklärte Zita genau was sie zu tun hatte und wo sie die Gerätschaften finden würde. Zita knickste und begann sich Caro zu widmen, während Phillip zu Jan ging um mit ihm auf die Stepper zu steigen.

Da Caro Phillips Anweisungen für Zita ebenso gut gehört hatte wie diese, folgte sie willig jeder Anordnung Zitas um ihr behilflich zu sein. Als erstes führte Zita, wie angeordnet, Caro die japanischen Liebeskugeln in Arsch und Möse ein. Phillip war der Meinung, dass Caro so am wenigsten bei ihren Übungen behindert wurde. Dann wurden ihr von Zita die Messpunkte angelegt. Dabei ließ sich manch intime und zärtliche Berührung nicht gänzlich vermeiden. Dies trieb die Erregung der beiden Sklavinnen unaufhaltsam in die Höhe. Endlich war Zita mit Caro fertig geworden. Sie kniete nun vor Caro. Zärtlich strich sie über ihre Oberschenkel und hauchte einen Kuss auf die feuchten Lustlippen ihrer Herrin. Dann erhob sie sich und schritt zur Wand.

Dort öffnete sie eine versteckte Klappe und betätigte ein paar Knöpfe und Schalter. Lautlos glitt die Wand zur Seite und offenbarte einen weiteren Raum. Er war komplett mit einem Belag versehen, wie ihn die Sportgymnastinnen in den Hallen sonst auch hatten. Obwohl die Ereignisse Caro in ihren Bann geschlagen hatten, bemerkte sie die beiden Herren und musste innerlich grinsen. "Männer! Aus allem was sie taten mussten sie einen Wettkampf machen, als sie die verbissenen Minen beim Steppen sah. Keiner der beiden wollte dem anderen nachstehen.

Nach einem Moment fokussierte sie ihre Gedanken aber wieder auf sich. Schließlich musste sie ja wieder Herr werden über die ihren Körper durchtobenden Luststürme, welche die in ihren Fickfotzen schwingenden Geisha-Kugeln verursachten.

Von ihrer eigenen Lust gebeutelt, schritt Caro auf die Matte und wartete auf das Zeichen zu beginnen. Sie nahm ihr Umfeld gar nicht richtig wahr. Zita stand bereit den kommenden Anweisungen Folge zu leisten und Caro zur Hand zu gehen. Die stand in sich versunken da. Sie spürte die sanften Vibrationen der Liebeskugeln. Diese versuchten der Schwerkraft Folge zu leisten. Doch Caros trainierte Mösenmuskeln verhinderten das und durch dieses ständige leichte auf und ab gaben die Eindringlinge keine Ruhe. Dieses angenehme Gefühl beherrschte Caro.

Plötzlich wurde sie lautstark durch eine dröhnende Stimme aus ihren Gedanken gerissen. Überlebensgroß erschien das Gesicht der Shalagina auf dem Monitor und herrschte sie an.

"Dummes Ding! Willst du wohl anständig in der Grundhaltung stehen!"

Aufgeschreckt folgte Caro den barschen Worten.

"Na also, geht doch."

Und schon begann die die Aufwärmphase, steigerte sich in die Trainingsphase und ging übergangslos in die Prüfungsphase über. Zita gab Caro Hilfen auf Anweisung der Shalagina. Korrigierte hier ein wenig, strafte dort mit ein paar Klapsen auf Befehl. Zitas Einschränkungen machten ihr zu schaffen, wenn sie um Caro herumwuselte. Sie genoss dieses Schweben zwischen Lust und Schmerz, obwohl es ihre Geilheit wieder einmal ins unermessliche steigerte. Inzwischen schweißgebadet, war sie dankbar als ihr eine kleine Pause gegönnt wurde. Caro selbst stand inzwischen schwer atmend wieder an ihrer Ausgangsposition. Ihre vollen Brüste hoben und senkten sich im Rhythmus ihrer heftigen Atmung.

Längst hatten Phillip und Jan ihre eigenen Aktivitäten eingestellt und sahen fasziniert der sportlichen Darbietung Caros zu. Auch ihren Sklavinnen gönnten sie den wundervollen, ästhetischen Anblick von Caros perfekt vorgeführter Übung. Phillip und Jan schmunzelten innerlich über Irina Shalagina. Als Trainerin musste sie natürlich überkritisch sein, um ihren Schützling zu Höchstleistungen zu treiben. Trotzdem fanden sie es etwas übertrieben wie sie ihre Macht über Caro hart an der Grenze zum Missbrauch derselben ausnutzte. Ein kleiner Hinweis an ihren Meister würde sie wohl wieder auf den Boden der Tatsachen zurückholen. Da kam Phillip eine Idee.

Doch bevor Phillip sich mit seiner Idee näher beschäftigen konnte, wurde seine Aufmerksamkeit wieder auf Caro gelenkt. Härter, schneidender peitschte die Stimme Irina Shalaginas auf Caro ein.

"Steh gerade... Und nun los... die Diagonale... ich will was sehen! Hopp, hopp, hopp..."
Caros Atmung ging schwer und ihre Brust hob und

senkte sich im keuchenden Rhythmus ihrer Atmung. Caro leistete schier unmögliches: Eine sportliche Höchstleistung abzuliefern und dabei von Geisha-Kugeln sexuell bis zum Orgasmus stimuliert zu werden. Die Zuschauer waren von Caros Leistung beeindruckt. Doch die Shalagina kannte keine Gnade.

Keine noch so winzige Ungenauigkeit entging ihrem geübten, kritischen Auge.

Den Flickflack kannst du besser..."

"Das war doch keine Schraube! ... Los noch mal..."

"Der Salto war nicht rund..."

"Den Abschlussspagat noch einmal. Das kannst du besser."

"Und nun die komplette Übung in einem Rutsch. Hopp, hopp."

Irina Shalagina trieb Caro in die Verzweiflung. Phillip wollte gerade eingreifen um Caro zu schützen, als die sadistische Trainerin endlich das Ende der der Übungen verkündete. Ihr bis dato zynisches Grinsen verschwand und machte einem weichen Lächeln Platz.

"Sklavin Caro, du hast mich beeindruckt. Du hast alle Übungsteile in einer Perfektion abgeliefert, wie ich es bisher noch nicht gesehen habe. Ich weiß ziemlich sicher, dass dein Herr dir die Fotze gestopft hat um dich ein wenig anzuspornen. Das ist ihm aufs Beste gelungen. Aber ganz im Ernst, ich bewundere dich. Ich hätte diese Leistung nicht vollbracht..., nicht vollbringen können, nicht einmal in der Jugend. Dein Meister kann stolz auf so eine Sklavin sein. So bis an die Selbstaufgabe zu kämpfen..., du musst deinen Meister sehr lieben. Hoffentlich ist er das wert."

Nur noch flüsternd, fast unverständlich kamen die letzten Sätze aus dem Mund von Caros Trainerin. Caro erschrak ob dieser lästerlichen Worte. Wusste die Shalagina nicht, dass ihr Meister alles mitverfolgen konnte? Oder wollte sie ihn gar provozieren? Stumm signalisierte sie ihrer Peinigerin, dass ihr Herr alles mithörte, doch die Shalagina reagierte nicht darauf. Weich, ja fast liebevoll sah Irina ihre Schülerin an, seufzte leise und mit einem traurigen Lächeln fuhr sie fort:

"Ich wünschte, ich hätte einmal in meinem Leben so perfekt geturnt wie du soeben..."

Mit einem Räuspern sammelte sie sich und kehrte wieder ganz die Strenge, unnahbare Irina Shalagina heraus:

"Genug der Sentimentalitäten...! Nun, wir werden sehen wie gut du den theoretischen Teil beherrscht. Sag deiner nichtsnutzigen Begleitung sie soll dir die Unterlagen aus dem Fach dort drüben holen. Ich will sie hüpfen sehen."

Zita wollte aufbegehren. Die Fremde hatte ihr gar nichts zu sagen. Ihr Meister hatte nichts dergleichen angeordnet. Doch rasch holte sie ihr Verstand wieder ein. Der Befehl würde von Caro kommen und die musste der alten Gake gehorchen. Es blieb Caro nichts anderes übrig als Zita den Befehl der Shalagina an Zita weiterzugeben. Widerwillig aber dennoch schnell erledigte Zita unter der süßen und zugleich qualvollen Behinderung ihrer Bewegungsfreiheit die gestellte Aufgabe. Lächelnd, mit einem dankbaren Nicken nahm Caro den Laptop aus Zitas Händen entgegen.

Nun wieder milder gestimmt, erklärte die Shalagina Caro ihre Aufgabe.

"Du kennst die Aufgaben. Wir haben sie miteinander geübt. Ich erwarte ein perfektes Ergebnis von dir. Du hast 45 Minuten Zeit für den Test. Starte den Laptop jetzt und die Zeit läuft ab sofort. Viel Spaß!" grinste die Shalagina fies.

Dieses von Häme geprägte, fiese Grinsen ließ Caro böses schwanen. Kaum hatte sie den Laptop angeworfen und das entsprechende Trainingsprogramm aufgerufen, wurden ihre schlimmsten Befürchtungen noch übertroffen. Fassungslosigkeit macht sich auf ihren Zügen breit. Was sie vor sich sah, hatte nichts mit dem zu tun, was sie vorher mit der Shalagina erarbeitet hatte. Wütend wollte Caro aufbegehren. Aber ihr wacher Verstand holte sie schnell wieder ein, aber auch weil Zita ihrer gepeinigten Herrin einen liebevollen Stupser gab und leise flüsterte, dass Caro ihren Verstand gebrauchen sollte.

Wütend begann die Shalagina Caro und Zita zur Schnecke machen, als Phillip leicht den Kopf schüttelnd und dabei leise "Ts, ts" murmelnd ins Bild trat. Irina Shalagina erbleichte. Sie wusste sie hatte den Bogen überspannt. Phillip wandte sich ihr zu und meinte, dass über ihr Verhalten noch nicht das letzte Wort gesprochen sei. Der Shalagina den Rücken zuwendend, sagte er zu Caro: "Ich weiß du wirst es schaffen, auch wenn es schwierig ist. Ich vertraue dir. Deine 45 Minuten beginnen jetzt."

Unwillkürlich warfen sich Caro und Zita noch mehr in Positur. Phillip lächelte seine Caro noch einmal aufmunternd an und hob den Daumen zum Zeichen seines absoluten Vertrauens in ihre Fähigkeiten. Dann zwinkerte er noch Zita aufmunternd zu und verließ wieder den Bereich der Kameras. Irina konnte über die Kameras alles mitverfolgen. Neid erfüllte sie, Neid darüber, dass ihr Meister nicht so gütig und verständnisvoll war wie Phillip. Nun begriff sie auch warum sich Caro und ihre Mitsklavinnen so anstrengten. Der Wunsch ihrem Meister zu gefallen und ihn nicht zu enttäuschen war sehr stark in ihnen verankert. Bei Caro kam noch hinzu, allerdings auch bei ihren Schwestern, wenn auch nicht so stark ausgeprägt wie bei Caro, der sehr frauliche Wunsch von ihrem Herrn bewundert zu werden. Dies blieb von Phillip natürlich nicht unbemerkt. Daher machte er sich eine Gedankennotiz, seinen Frauen die Gelegenheit zu geben, sich von ihm bewundern zu lassen.

Caro konzentrierte sich auf den Bildschirm. Wut stieg wieder in ihr hoch, als sie sah was für Fragen und Aufgaben die Shalagina ihr gestellt hatte. Flugs kniete Zita sich hinter Caro und begann ihr die Schultern und den Rücken zu massieren. Sanft glitten Zitas Hände über Caros Haut und beruhigten sie. Diese Hilfe hatte Caro benötigt. Schlagartig war ihr klar was von ihr gefordert wurde.

Die Shalagina hatte Recht, sie hatten alles besprochen. Doch hier waren die Fragen geschickt unter einem Wust von Nebensächlichkeiten verborgen, sodass der

Kern der Dinge erst nach einigem Überlegen zu Tage trat. Nachdem Caro dies erkannt hatte, flutschten die Lösungen und Antworten nur so heraus. Caro war ihrem Meister dankbar, dass er Zita an ihre Seite gestellt hatte, auch wenn er es sehr gut nach außen getarnt hatte. Und sie dankte Zita im Stillen für ihre selbstlose Hilfe. Sie wusste nun, dass sie sich auf ihre Truppe verlassen konnte. Sie würde sich später noch erkenntlich zeigen.

Caros rasche Auffassungsgabe ermöglichte es ihr die geforderte Zeit deutlich zu unterbieten. Die Gesichtszüge Irinas entgleisten immer mehr. Das hatte sie Caro nun doch nicht zugetraut. Enttäuscht musste sie hinnehmen, dass Caro ihr nicht mehr gehörte, zumal ihr Meister in der Nähe war.

Längst hatte Phillip die Laufbänder von Franziska und Tanja abgestellt, sodass sie der Vorstellung Caros aufmerksam folgen konnten. Als Jan Phillips Handlungen bemerkte, folgte er seinem Beispiel und erlöste Lucille. Die Spannung stieg unter den Zuschauern. Als Caro endlich weit vor der geforderten Zeit ihre Aufgaben beendet hatte, brachen ihre Schwestern in lauten Jubel aus. Dies wiederum verärgerte Irina Shalagina weil sie ihrer Widersacherin diesen Triumph missgönnte.

"Glückwunsch Caro, ich gebe es ja nicht gerade freudig erregt zu, aber du bist eine Klasse für sich. Du hast beim Test die volle Punktzahl erreicht und die Zusatzfragen ebenfalls korrekt gelöst. Ich zolle dir meinen Respekt und meine Anerkennung" kam es von einer grollenden aber fairen Shalagina. "Dein Training ist beendet und du hast dein Diplom mit Auszeichnung erworben. Ich wünsche dir alles Gute für deine weitere

Zukunft. Vielleicht sehen wir uns ja einmal unter anderen, erfreulicheren Umständen wieder."

Bevor Phillip oder Caro etwas erwidern konnten schaltete sie die Verbindung ab. Phillip war ein wenig verärgert über die ungebührliche Handlungsweise von Irina Shalagina. Nun wusste er was er tun würde. Er würde ihren Herrn bitten seine Sklavin heute hier vorzuführen. Das ergäbe einige interessante Möglichkeiten der frechen Sklavin die Leviten zu lesen. Rasch gab Phillip seinen Mädels noch ein paar Anweisungen. Auch Jan schickte seine Sklavin nach Hause. Dann besprachen die beiden Herren den Ablauf des restlichen Tages und die Präsentation Irinas.

Kapitel 21

HIMMEL & HÖLLE

Phillip und Jan schlenderten plaudernd in Richtung von Phillips Arbeitszimmer. Unvermittelt stockte Jans Schritt und er meinte: "Lieber Freund, was hältst du davon, mit deiner Familie bei uns zu speisen? Ich bin sicher meine 1. Frau wird alles fertig haben, wenn wir dort sind."

"Vielen Dank Jan. Aber mir ist es lieber, wenn wir hierbleiben. Es gibt noch einiges vorzubereiten wie du weißt."

"Kein Problem Phillip, wir schaffen das Essen einfach herüber. Dann sind meine Frauen auch gleich hier um zu helfen."

"Das willst du wirklich für mich tun? Du bist ein wahrer Freund! Ich stehe wieder einmal tief in deiner Schuld."

"Ach hör auf. Das ist doch selbstverständlich. Wenn du noch mehr so'n Quatsch verzapfst kündige ich dir die Freundschaft" lachte Jan.

"Na gut. Machen wir es so wie du vorgeschlagen hast."

Unterdessen waren die beiden Herren in Phillips Arbeitszimmer angelangt. Während sich Phillip an seinen Schreibtisch setzte, schrieb Jan seinen Frauen die neuesten Anweisungen bezüglich des gemeinsamen Essens in Whatsapp. Phillip stellte die Verbindung zu Irinas Meister her und verklickerte ihm seine Wünsche und seine Gründe dafür. Natürlich erklärte der sich bereit seine ungehorsame, freche Sklavin am Nachmittag vorzuführen und anschließend allen zur Verfügung zu stellen. Phillip grinste stillvergnügt in sich hinein, hatte er nun doch eine hübsche Überraschung für seine kleine Caro parat.

Jan, der Phillip genau kannte, nickte ihm zufrieden und anerkennend zu. Denn auch er würde am Spaß teilhaben. Auf dem Weg zur Sitzecke fragte Jan unvermittelt: "Und wann willst du sie fragen?" "Hä? Was meinst du denn damit?"

"Ach komm, ich weiß doch wie du tickst. Jedes Mal, wenn du dich unbeobachtet glaubst, starrst du sie an wie ein verliebtes Mondkalb."

"Ach was du immer meinst... und nun hör auf mit dem Quatsch." grummelte Phillip noch ein wenig, bis er sich beruhigt hatte.

Während die beiden Meister sich zufrieden an den Tisch setzten und sich mit einem Wasser zuprosteten, folgte Caro ihren Spielgefährtinnen ins Obergeschoß. Caros Gefühle fuhren Achterbahn. Ihre Gedanken rasten, befanden sich im Aufruhr. Gewiss, Phillips Anweisungen waren eindeutig und ließen keinen Spielraum zu. Trotzdem verfluchte Caro ihren Meister innerlich.

"Mistkerl, elender! Wie konnte er ihr das nur antun? Sie sollte ihren Schwestern helfen sich schön zu machen, sich zu schmücken und sie selbst sollte dabei so verschwitzt und stinkend für ihren Herrn parat stehen? Das konnte er ihr doch beim besten Willen nicht antun!" Caro musste Tränen der Wut unterdrücken.

"Haltung bewahren" nur dieser Gedanke hatte noch Platz in ihrem von Zorn getrübten Verstand. Dabei hatte sie sich so gefreut, als sie von ihrer Peinigerin so gelobt wurde. Sie hatte gehofft, sie würde von ihrem Meister belohnt werden... Wieder einmal traf sie eine Erkenntnis wie ein Blitzschlag und ließ sie stocken. Unwillkürlich drehten sich ihre Dienerinnen um, und sahen in ein schreckensbleiches Gesicht.

"Was gafft ihr so blöde" fauchte Caro sie an. "Los, marsch, marsch im Laufschritt ihr Gänse."

Erschrocken erbleichten die Mädchen, drehten sich um und rannten in Richtung Badezimmer. Caro selbst erschrocken über ihre harsche Reaktion, blieb verblüfft zurück. Kopfschüttelnd folgte sie ihnen. Ein gutes hatte diese Szene jedoch, sie brachte Caro ins hier und jetzt zurück. Sie konnte wieder klar denken. Nun konnte sie die Beweggründe Phillips verstehen. Es war eine weitere Prüfung ihrer Bereitwilligkeit, ihrem Herrn bedingungslos zu gehorchen. Als ihre Gedanken immer klarer wurden, tauchte aus den tiefen ihrer Erinnerung eine Bemerkung Phillips auf. Als ihr die Bedeutung dann endgültig klar wurde überzog ein strahlendes Lächeln ihr Gesicht.

Heiteren Gemütes folgte sie ihren Schwestern ins Bad. Verängstigt hatten die schon begonnen sich vorzubereiten. Flüsternd fragten sie sich, was wohl den Zorn Caros heraufbeschworen hatte. Keine von ihnen hatte eine Ahnung oder war sich einer Schuld bewusst. Erstaunt und erleichtert sahen sie eine lächelnde Caro eintreten.

"Es ist gut Schwestern, ich hatte eben nur eine schreckliche Vision. Gott sei Dank eben nur eine Vision. Lasst uns fertig werden."

Nun, eine Entschuldigung war das gerade nicht. Aber etwas Derartiges hätten die drei Sklavinnen von ihrer Herrin auch nie erwartet. Stumm aber froh verneigten sich die drei vor Caro. Glücklich, dass sie nicht die Quelle ihres kurzen Zorns waren, begannen sie drauflos zu plappern. Caro achtete darauf, dass sich ihre Schwestern ordentlich wuschen. Anschließend führte sie sie in einen Nebenraum. Auch dieser war, wie alle anderen Räume, angenehm temperiert. Hier standen vier merkwürdig aussehende Gestelle. Sie sahen aus wie eine Mischung aus Ruhesessel und Gynäkologischem Stuhl.

Ratlos standen Caros Schützlinge davor. Caro selbst war auch nicht viel klüger als ihre Gefährtinnen. Phillip hatte ihr nur einmal kurz erklärt, dass er neue Intimreinigungsgeräte beschaffen wollte. So etwas sei das neueste auf dem Markt. Während Caro noch nach einer Bedienungsanleitung suchte, stand auf einmal Estelle im Raum.

"Puuuhhh, gerade noch so geschafft" murmelte sie vor sich hin und sah die vier Grazien vor sich als sie aufblickte. "Oh, hallo Schwestern" rief sie erfreut. "Unser Meister hat mich beauftragt euch mit den neuen Intimduschen vertraut zu machen. Sperrt eure Lauscher und Äuglein weit auf und das Plappermäulchen bleibt geschlossen." Redete sie burschikos drauflos. "Fragen dürft ihr später stellen. Jetzt haben wir es nämlich eilig!"

Schon stand sie vor dem ersten Gerät und wartete...

"Madame Caro" begann sie höflich um ein eventuelles Fehlverhalten wieder wettzumachen, "Wenn du bitte einmal herkommst, damit ich dich gründlich einweisen kann. So kannst du später den anderen auf die Sprünge helfen."

Leise und traurig seufzend kam sie näher während sie dabei flüsterte: "Anschauen werde ich es mir. Aber unser Meister hat mir verboten mich zu reinigen. Zu gern würde ich jetzt das Ding genießen." Nach einer kleinen Pause in der ihre Hand die Apparatur selbstvergessen streichelte meinte sie zu Estelle: "Fang mit Zita an. Sie wird für diese Spielzeuge zuständig sein, wenn du nicht da bist."

Äußerst aufmerksam schaute sie der Einweisung Zitas zu. Als Herrin sah sie es als ihre Pflicht an, auch hier genauestens Bescheid zu wissen. Denn sie würde der Zorn des Herrn als erste treffen, wenn etwas nicht in Ordnung wäre. "Der Zorn des Herrn, - was für eine Metapher" dachte Caro und musste ein Schmunzeln unterdrücken. Was jedoch von ihren Dienerinnen nicht unbemerkt geblieben war. Aber die wussten ja nicht was gerade in ihrem hübschen Köpfchen vorging. Rasch war die innere Reinigung der drei Mädchen ohne die sonst übliche Geruchsbelästigung beendet. Alle fünf Anwesenden wussten dies zu schätzen. Nachdem sie sich noch gegenseitig sorgfältig am ganzen Körper rasiert und dann abgespült hatten, zeigten sie sich ihrer Herrin.

Caro bat Estelle ihr beim Ankleiden ihrer Süßen zu helfen. Da erst nahm sie das neckische Outfit ihrer Freundin wahr. Estelle sah aber auch zu heiß aus. Sie erklärte ihr daraufhin, dass Phillip ihr dies als ihre Monteursuniform empfohlen habe. Schließlich sei der Wunsch des Meisters ja Befehl. Beide Frauen kicherten daraufhin leise los. Estelle trug eine Art Latzröckchen. Wobei beide Bezeichnungen eher übertrieben waren. Der Rock hatte das Format eines etwas breit geratenen Gürtels und bedeckte gerade eben Estelles glatt rasierte Fotze. Ihr Schwanz war jedenfalls nicht lang genug, um unten herauszuschauen. Ihr Prachtarsch lugte zur Hälfte hervor. Der Latz war eher eine Art um den Nacken führender Hosenträger.

Die Träger liefen über Estelles wohlgeformte Titten. In Höhe der Nippel waren Ringe, durch die die Warzen steif nach vorne ragten. Damit die Rockträger nicht nach außen gleiten konnten, verband ein Quersteg in Höhe der Ringe, die beiden Stoffstreifen. Estelles Nippel waren durch Piercings und Nippelschilde in den Ösen fixiert. So wurde Estelle durch jede Bewegung, die ihre Brüste zum Schwingen brachten, angeregt. Der süße Lustschmerz durchzog ihren Körper und konzentrierte sich in ihrer Klitoris. Die dort befindlichen Piercings trugen ihren Teil zur Luststeigerung bei, sodass Estelle schon wieder spitz wie Nachbars Lumpi war.

Trotz ihres eigenen sexuellen Notstands erkannte Caro wie es um Estelle bestellt war. Rasch flüsterte sie der Installateuse etwas ins Ohr, was diese strahlen ließ. Caro und Estelle kleideten die drei in raffiniert geschnittene Korsetts und verschnürten diese. Strümpfe und Stöckelschuhe vervollständigten die Kleidung. Halsbänder und Manschetten ergänzten die Garderobe. Nachdem sich Zita, Franziska und Tanja präsentiert hatten, nickte Caro das Aussehen ihrer Schwestern zufrieden ab. Sie winkte Zita zu sich und gab ihr den Auftrag sich zunächst um Estelle zu kümmern. Damit verabschiedete sich Caro von ihnen und eilte ihren Meister zu finden.

Schnell ging Caro den Flur entlang. Hell klapperten die Absätze ihre Begleitmelodie dazu auf den Parkettboden. Wie erhofft fand Caro ihren Meister im Salon. Nachdem sie die Tür Geschlossen hatte, machte sie einen Knicks und meldete sich zu diensten.

"Ich habe alles deinen Wünschen entsprechend erledigt, Herr. Da ich für Estelle keine expliziten Anweisungen von dir erhalten habe, habe ich mir erlaubt sie den anderen drei zur Unterstützung zuzuteilen. Sollte ich nicht in deinem Sinne gehandelt haben, bitte ich um Verzeihung und um eine gerechte Strafe."

Phillip lächelte stillvergnügt in sich hinein. Was Caro gesagt und getan hatte, gefiel ihm außerordentlich gut. Sie hatte den Weg zur perfekten Sklavin Nr. 1 fast vollendet. Nun fehlte nur noch ein kleiner Schritt. Und der sollte heute noch erfolgen. Phillip wollte nicht mehr länger warten. Jans Bemerkung hatte ihn das schmerzlich bewusstwerden lassen. Dann sammelte er sich und winkte Caro heran. Rasch führte sie Phillips stummen Befehl aus. In ihrem Kopf wirbelten die Gedanken. Caro fühlte sich so ungewaschen, nach Schweiß riechend unwohl in ihrer Haut. Sie befürchtete Phillip nicht zu gefallen. Im Hinterkopf hatte sie jedoch eine Bemerkung Phillips, dass er ihren unverfälschten Duft liebe, gespeichert.

Phillip strahlte sie an und zog sie auf seinen Schoß. Caro spreizte sich weit auf um ihrem Meister einen ungehinderten Blick auf ihre tropfende Fickspalte zu gewähren. Außerdem konnte sich so ihr geiler, brünstiger Geruch besser ausbreiten. Phillip versenkte sein Gesicht im Tal ihrer Brüste und nahm ihren Duft tief in sich auf. Instinktiv legte Caro ihre Hände auf Phillips Kopf und drückte ihn liebevoll an sich. Gedämpft vom weichen Polster ihrer Titten hörte Caro wie Phillip stöhnte: "Hmmm, ich liebe diese Frau und diesen Duft den sie verströmt."

Ein warmes Gefühl der Freude und Liebe durchströmte Caro. Unwillkürlich kuschelte sie sich enger an Phillip. Sie genoss seine walkenden Hände auf ihren prallen Arschbacken und wimmerte vor Lust. Die Situation machte Phillip unendlich geil. Sein praller, blutgefüllter Schwanz schmerzte und sonderte ohne Unterlass Geilheitstropfen ab. Ungeduldig zerrte und zottelte er an seinem Hosenlatz. Endlich hatte Phillip seinen Fickbolzen befreit. Sein Geilheitsgeruch vereinte sich mit Caros. So entstand eine Duftkomposition der Lust, die beide noch wilder werden ließ.

Als Phillips befreiter Wonneprügel an Caros Bauch klatschte, heulte sie brünstig auf: "Fiiick mich eeeendlich! Biiittteeee! Meister bitte..." nur noch gebrochen flüsternd kamen die letzten Silben von Caros Lippen.

Phillip knurrte unverständliches vor sich hin. Endlich hatte er die Liebeskugeln aus Caros Möse gefischt. Mit einem obszönen Doppel-Plopp flutschen sie heraus. Phillip hielt sie Caro zum Ablecken vor ihre Zuckerschnute. Gierig schleckte Caro ihren Geilschleim von den Lustkugeln und ließ sie dann einfach zu Boden fallen. Mit einer Hand hob Phillip seine Partnerin an und fädelte seinen kampfbereiten Spieß in Caros überkochende Fotze ein. Mit einem Jubelschrei ließ sich Caro auf Phillips schleimigen Prachtbolzen fallen. Auch Phillip konnte seiner Lust nur durch einen Schrei der Erleichterung Herr werden.

Ohne Rücksicht auf Verluste klatschten die schweißnassen Körper der beiden Liebenden aufeinander. Heiser vor Lust erlaubte Phillip seiner Caro zu kommen und so viele Orgasmen zu haben wie sie wollte. Mit einem Urschrei der Erleichterung erlebte Caro ihren ersten Orgasmus. Laut anfeuernd unterstützte Phillip seine Geliebte. Keinem der Anwesenden in Phillips Haus konnte, bei dem Lärm den die beiden machten, das Geschehen verborgen bleiben. Jeder im Haus gönnte Caro die Erfüllung.

Hart prallten die Becken Phillips und Caros aufeinander. Wie besessen leckte und lutschte Phillip den Schweiß von Caros Körper. Tief sog er mit jedem Atemzug ihren brünstigen Geruch ein. Wie besessen hämmerte Phillip seinen Schwanz in Caros Fotze. Es schien als ob ihr Aroma ihn dopen würde. Caro schrie und schüttelte sich die Seele aus dem Leib. Mit einem schrillen, spitzen Schrei Caros, endete die Kakophonie der Lust, als Phillip in mächtigen Schüben sein heißes Sperma tief in Caro versenkte. Fest umklammerten sich die beiden und versanken im Taumel der ihrer Orgasmen.

Nach einer gefühlten Ewigkeit tauchte Phillip als erster in die reale Welt wieder ein. Mit Bedauern stellte er fest, dass sein schlaff gewordener Wonneprügel das warme Nest Caros verlassen hatte. Empört meldete Caros Möse einen Protest an, der aber ungehört blieb. Enttäuscht spürte sie die Leere als Phillips Schwanz nicht mehr in ihr steckte. Ihre unbewussten Versuche ihr Loch zu füllen, waren vergebens. Phillip murmelte beruhigende Worte und trug Caro zur Couch. Dort legte er sie ab und deckte sie zu. Dann machte er sich auf um Sakura zu suchen.

Wie vermutet fand er sie in der Küche mit den Essensvorbereitungen beschäftigt. Phillip bat Sakura nach Caro zu sehen und ihr mit einem Stärkungstrank wieder auf die Beine zu helfen. Sakura hatte das schon erwartet und eilte, nachdem sie Phillip einen kleinen Stärkungstee verabreicht hatte, zu Caro. Unterdessen schloss Phillip wieder seine Hose und holte aus seinem Schreibtisch ein kleines Kästchen. Wieder bei Caro empfing ihn der Geruch nach wildem, hemmungslosem Sex. Ein Geruch der ihn schon wieder anspitzte. Diese Duftkomposition aus Schweiß, Sperma und Mösenschleim ließ Phillips Hormone Purzelbäume schlagen.

Um sich zu beruhigen eilte Phillip nach oben um für sich und Caro Laufschuhe zu holen. Wieder im Salon zog er Caro ihr Paar an und schlüpfte dann selber in seine Sportschuhe, nachdem er sich zuvor entkleidet hatte. Die inzwischen gestärkte Caro verfolgte sein Tun mit neugierigen Blicken. Phillip packte das Schächtelchen in den mitgebrachten Brustbeutel und forderte Caro auf ihm zu folgen. Etwas breitbeinig stakste Caro die ersten Schritte hinter Phillip her. Dann hatte sie sich gefangen und schritt elegant, einen halben Schritt hinter ihm aus dem Raum. Phillip der ihre Bemühungen in einem Spiegel verfolgte, nickte beifällig mit dem Kopf.

Caro sah sich aufmerksam um. Den Weg den Phillip einschlug kannte sie nicht. Immer wieder war sie über die Größe von Phillips Herrenhaus erstaunt. Es barg immer noch genügend Geheimnisse, die es für Caro zu ergründen galt. Nachdem sie eine Wendeltreppe hinabgestiegen waren, traten sie ins Freie. Vor ihren Augen tat sich ein weitläufiges Parkgelände auf. Als Caro sich rasch umblickte, sah sie, dass das Haus in Hanglage gebaut war. Nun wurde ihr so manches klar, was das Gebäude anging. Ganz und gar unklar war ihr jedoch, was ihr Herr mit ihr vorhatte.

Ruhig schritt sie, mit sanft schaukelnden Titten, neben ihm her. Sie bedauerte, dass sie Phillips frei schwingenden Schwanz nicht sehen konnte, da sie, ganz brave Sklavin, etwas hinter ihm blieb. Caro war froh, dass sie sich ein wenig an der frischen Luft von ihrem Lustmarathon erholen konnte. Phillip erging es ähnlich, wenn auch aus anderen Gründen. Die schwüle Atmosphäre im Salon hätte ihn bloß wieder aufs Neue aufgegeilt. Abrupt blieb Phillip stehen und drehte sich zu Caro und sagte:

"Während unseres Spazierganges sind alle Vorgaben aufgehoben. Du darfst frei sprechen."

"Danke mein Herr" erwiderte Caro und riskierte einen Blich auf Phillips schlaffen Schwanz. "Es ist schon ein Ding," dachte Caro, "dass dieses schlappe Fitzelchen so viel Freude bereiten kann."

Phillip unterbrach Caros Gedanken und forderte sie auf ihre Eindrücke über ihr bisheriges Zusammenleben zu schildern. Schnell gerieten die beiden in eine angeregte Diskussion, während sie ihren Spaziergang wiederaufnahmen. Phillip schlang seinen Arm um Caros Hüfte und zog sie an sich. Nur zu gern folgte Caro diesem Zug und schmiegte sich an ihren Meister. Ihr zu Beginn lebhaftes Gespräch versickerte langsam. Der anfangs sehr gepflegte Park war einem naturbelassenen, lichten Forst gewichen. Schweigend, die Nähe des anderen genießend, schlenderten sie eng umschlungen weiter. Ohne dass Caro es bemerkte hatte, waren sie auf eine kleine Lichtung gekommen. Phillip nahm Caro in die Arme und küsste sie. Sie versanken in dem Kuss und lösten ihn erst als Atemnot sie dazu zwang. Eng umschlungen standen sie da und genossen ihre Zweisamkeit. Urplötzlich, ganz aus heiterem Himmel unterbrach Phillip ihr beredtes Schweigen:

"Caro, willst du meine Frau werden?"

Vor Schreck wäre Caro umgefallen, hätte sie sich nicht in Phillips starken Armen befunden. Sie sah Phillip von unten an und war zu keiner weiteren Reaktion fähig. Ein Moment des Schweigens breitete sich aus. Dann sagte sie:

"Wiederhole deine Frage noch einmal."

"Willst Du meine Frau werden?", fragte Phillip erneut.

Tränen liefen über ihre Wangen. Sie schniefte und die Zeit schien stillzustehen. Nach einigen Sekunden fragte sie:

"Meinst Du das wirklich ernst?" Caros Tränen versiegten.

"Ja! Mein vollster Ernst" lautete seine knappe Antwort.

"Und zu welchen Bedingungen?" fragte Caro.

"Natürlich zu meinen" erwiderte Phillip mit einem leichten Lächeln.

Caro schluckte: "Als deine Frau, deine Geliebte, deine Sklavin oder dein Eigentum?"

"Alles zusammen!" kam es wiederum sehr knapp von Phillip.

Caro starrte ihn an. Der Glanz in ihren Augen nahm zu. Ernst lächelte sie ihn an.

"Ja, mein Herr und Gebieter. Ich will."

Von Freude überwältigt, nestelte Phillip ungeschickt an seinem Brustbeutel herum. Endlich hatte er das Kästchen in der Hand und öffnete es. Phillip nahm einen kostbaren Ring heraus. Achtlos ließ er die Schmuckschatulle fallen und steckte ihn Caro an den Ringfinger ihrer rechten Hand. Wieder nahm Phillip seine Geliebte in den Arm und küsste sie leidenschaftlich. Caro erwiderte den Kuss inbrünstig. Ihre Zungen rangen miteinander und erfüllten sie mit Lust. Langsam sank Phillip in die Knie und zog Caro mit sich.

Vorsichtig bettete er Caro ins weiche Gras und glitt neben sie. Lange sahen sie sich tief in die Augen. Wie von selbst schoben sich ihre Körper zueinander. Langsam glitt Phillip über sie und fädelte in Caros Schoß ein. Langsam liebten sie sich in der Missionarsstellung, sich dabei tief in die Augen sehend. Diese Vereinigung war wie ein Versprechen, das sie beide zu halten gewillt waren. Nachdem sie ihre Vermählung vollzogen hatten, erhob sich Phillip und zog Caro mit sich. Sie bückte sich um das Schächtelchen vom Boden aufzuheben.

Phillip nahm es ihr aus der Hand und verstaute es wieder im Brustbeutel. Ihren bittenden Blick richtig deutend, meinte Phillip zu ihr, dass sie es im Hause wiederbekäme.

Eng umschlungen machten sie sich auf den Rückweg. Caro achtete darauf wie sie gingen. Denn um jeden Preis wollte sie den Ort ihres Glücks wiederfinden. Kurz bevor sie das Haus erreichten, löste sich Caro von Phillip und schnurrte:

"Mein Gebieter es geziemt sich nicht für eine Sklavin sich so eng umschlungen mit ihrem Herrn in der Öffentlichkeit zu zeigen."

"Mein kleines Kätzchen, noch bin ich es der bestimmt. Und zur Strafe für dein vorwitziges Handeln gehst du nun drei Schritte hinter mir."

Phillip bedauerte dies. Strafte er sich doch gleichzeitig selbst. Aber Eigenmächtigkeiten konnte er auch von seiner nun mit ihm verlobten Sklavin nicht dulden. Caro nutzte dies sofort um einen heimlich Blick auf den Ring zu werfen. Sie sah ein sehr edel aussehendes Schmuckstück. Aber sie konnte nicht genau erkennen was es war. Nun sie würde es nachher in Ruhe betrachten - wenn sie denn dazu käme, lächelte sie in Gedanken.

Als sie ins Haus traten zog Phillip sie wieder an sich und meinte, dass sie so bei ihm bleiben solle. Glücklich schmiegte sich Caro erneut an ihren Eheherrn in spe. Phillip wunderte sich ein wenig warum die Tür zum eigentliche Flur geschlossen war. Das war in seinem Hause überhaupt nicht üblich. Als er die Tür geöffnet hatte, wurde er der Überraschung gewahr. Vor ihm und Caro hatten sich seine Sklavinnen und Jans Frauen im Halbkreis aufgestellt und piepsten ein aufgeregtes "Herzlichen Glückwunsch" heraus. Dabei vollzogen sie den von Zita rasch eintrainierten Knicks. Jan stand in der Mitte des Halbkreises und grinste wie ein Honigkuchenpferd über seinen gelungen Streich. Rasch eilte er auf Phillip zu und umarmte ihn Freudestrahlend. Er beglückwünschte seinen Freund und sah dann Caro streng an.

"Ich erwarte von dir, dass du meinen Freund glücklich machst, kleine Sklavin. Sonst..."

Dann geschah etwas für Jan Ungeheuerliches: Er schnappte sich Caro umarmte sie und wünschte ihr alles Glück der Welt.

Caro schluchzte überwältigt vor Glück hemmungslos ihre Freude heraus. Sie vergaß dabei völlig ihr korrektes Benehmen. Phillip ließ es durchgehen. Er wollte diesen Glückstag nicht durch kleinliches beharren auf die Etikette trüben. Jan knuffte Phillip in die Seite und knurrte ihn an:

"Dasselbe was ich Caro gesagt habe gilt auch für dich, alter Schlawiner."

Phillip knuffte zurück und meinte dann zu seinem Freund: "So kenne ich dich ja gar nicht. Wo hast du denn den alten Ladestock versteckt?"

Sie grinsten sich wie zwei Lausbuben an und wussten, dass sie aufeinander zählen konnten. Nachdem sich die Gemüter wieder ein wenig beruhigt hatten, verschaffte sich Sakura gehör: "Edle Herren, mein Gebieter, ihr habt das Essen für 13:30 bestellt. Es ist nicht mehr lange hin. Vielleicht wollen sich Meister Winter und Madame Caro noch ein wenig frisch machen!?"

Der Hinweis von Sakura kam gerade rechtzeitig. Phillip und Caro sahen sich an und grinsten wie zwei Verschwörer. Sie sahen aber auch zu verboten aus. Beide waren über und über mit Grasflecken verziert. An Phillips Schwanz und Schenkeln klebte eingetrockneter Lustsaft. Aus Caros wohlgefüllter Fotze seilte sich gerade ein Batzen Lustschleim ab. Bevor er zu Boden fallen konnte, hatte ihn Caro in einer schnellen Bewegung mit ihrem Finger aufgenommen und führte ihn zu ihrem Mund. Verführerisch lächelnd, leckte sie das Gemisch aus Phillips Samen und ihrem Mösenschleim ab. Sie zeigte noch einmal den auf ihrer Zunge liegenden Batzen, bevor sie den Mund schloss und die leckere Soße schluckte.

Phillip zog Caro mit sich und ließ sie dann die Treppe vor ihm hinaufgehen. So konnte er die schwingenden Pobacken Caros besser betrachten und hatte einen ungetrübten Blick auf ihre Pflaume. Caro die das genau wusste, wackelte extra mit den Hüften um ihrem Herrn ein eindrucksvolles Schauspiel zu bieten. Übermütig vor Freude klatschte Phillip mit Caros Pobacken Beifall. Caro quietschte erschreckt auf, fasste sich dann und drängte sich seinen Händen entgegen. Daraufhin nahm sich Phillip zurück und Caro purzelte rückwärts in seine starken Arme. Er trug sie ins Bad und sie begannen sich unter der Dusche gegenseitig zu reinigen. Nachdem Caro sich enthaart hatte, begann sie vorsichtig seinen Schwanz und Sack zu rasieren. Als sie sich abgetrocknet hatten führte Phillip Caro in seinen

Schlafraum. Phillip folgte Caro in den begehbaren Kleiderschrank. Gemeinsam suchten sie die Kleidung für Caro aus, wobei Phillip selbstverständlich das letzte Wort hatte. Caro ließ sich von Phillip ins Korsett schnüren und stieg in ihre Sandaletten.

Sinnierend stand Phillip vor Caro und überlegte welchen Schmuck er ihr anlegen sollte. Selbstverständlich und als allererstes ihr Sklavenkollier, welches sie als Phillips erste Sklavin auswies. Dazu kamen genauso edle Manschetten für Hand- und Fußgelenke. Auch wenn diese Teile eher als Schmuck durchgehen würden, waren sie doch so stabil um eine freche Sklavin streng damit zu fesseln.

Phillip parkte Caro einige Schritte entfernt vor einem Spiegel. Sie konnte sich in voller Größe darin betrachten. Was sie sah gefiel ihr. Phillip schmiegte sich von hinten an sie und nibbelte an ihrem empfindlichen Fleck hinter dem Ohr. Schauer durchrieselten Caro, die sich noch verstärkten als Phillips kräftige Hände sich unter ihre Brüste schoben. Dabei flüsterte ihr Phillip liebestrunkene, verführerische Schmeicheleien ins Ohr. Caro badete sich in seinen wollüstigen Worten und presste ihre Titten noch fester in seine sanft knetenden Hände. Ihr knackiger Arsch rieb über seine dem Bersten nahe Lustwurzel und entlockte ihrem Herrn Lustseufzer ohne Ende.

Phillip gelang es sich endlich wieder auf sein Vorhaben zu konzentrieren. Er zwickte fest in Caros Nippel und entlockte ihr so ein schrilles "Iiiieeeeeckk!".

"Stehst du wohl still" hauchte Phillip ihr ins Ohr. Sofort erstarrte Caro, konnte aber ihr lustvolles Stöhnen nicht vollends unterdrücken. Phillips kräftige Hände wogen Caros Titten während er ihr über den Spiegel in die Augen blickte und dabei sagte:

"Na, mein Schatz, was hältst du davon, wenn wir dich ein wenig schmücken?"

Atemlos vor Freude über die Anrede "Mein Schatz" und dass endlich ihr Traum wahr werden sollte, hauchte Caro: "Alles was du willst, geliebter Herr."

Caro schmiegte sich womöglich noch fester an ihren Herrn und strahlte vor Freude. Phillip lächelte sie an und meinte dann:

"Ich denke wir werden dir Löcher in die Nippel stechen lassen. Natürlich werden deine Mösenlippen und der Kitzler ebenfalls geschmückt. Ich möchte zwar eine geschmückte Sklavin haben, aber sie soll nicht unnötig leiden. Ich bin ja kein Sadist; und wenn, dann höchstens ein ganz kleiner."

Während Phillip dies sagte, blickte er Caro mit einem wölfischen Grinsen an, das Caro Schauer der Lust und Angst in die Lenden trieb. Oh, wie liebte sie Phillip dafür, dass er ihr solche Gefühle schenkte.

"Außerdem wirst du dauerhaft als mein Eigentum gekennzeichnet. - Ich weiß bloß noch nicht genau wie. Es gibt da die Möglichkeit eines Branding oder einer Tätowierung. Was hättest du denn lieber, mein süßes kleines Luder?"

Caro erbebte bei der Vorstellung einer dauernden Kennzeichnung. Die Säfte schossen ihr in die Fotze und ließen sie einen kleinen Orgasmus erleben. Sprachlos vor Glück konnte Caro nur noch ein "Beides bitte Meister" krächzen.

"Mutig, mutig, mein Kätzchen! Ohne meine Erlaubnis einen Orgasmus zu haben!" Ohne weiter auf Caros Vergehen einzugehen fragte er weiter: "Und wo möchtest du gekennzeichnet werden?"

Immer noch ein wenig abwesend und in Gedanken erwiderte Caro:

"Ich verdiene Strafe mein Herr, für den unerlaubten Orgasmus. Was die Kennzeichnung angeht wagt diese Sklavin nicht den Körper ihres Herrn zu verschandeln. Wenn sie jedoch einen Vorschlag unterbreiten darf, hätte sie das Tattoo gerne auf dem rechten Schulterblatt. Das Branding sollte auf der linken Hüfte platziert werden" dabei klatschte sie sich mit der flachen Hand auf die gemeinte Stelle.

"Die Stelle für das Branding ist gut gewählt, aber deine Tätowierung wird immer zu sehen sein. Du wirst sie kaum bedecken können" neckte Phillip sie.

"Wer will denn das Tattoo verstecken? Kam es schnippisch von Caro. "Ich bin eine Dienerin meines Herrn und ich bin stolz darauf. Das kann ruhig die ganze Welt sehen."

Gerührt über diese Antwort zog Phillip seine kleine noch enger an sich und flüsterte ihr ins Ohr:

"Und dafür liebe ich dich!" Dann drehte er sie um und küsste sie. Caro erwiderte den Kuss und schon war in ihren Mündern der Zungentanz im Gange. Phillips Schwanz begann sich wieder mit Blut zu füllen. Atemlos trennten sie sich und sahen sich verliebt in die Augen. Phillip schob Caro wieder von sich und suchte noch ein wenig Schmuck für Caro heraus.

Nackt lehnte sich Phillip an den Spiegelschrank und sah zu wie Caro sich für ihn schmückte. Sie schob die Nippelschilde über ihre Nippel und sicherte sie mit Klammern. Diese verband Caro dann mit einer schweren, aus purem Gold getriebenen Kette. An ihre kleinen Mösenlappen klemmte sie sich je ein kleines Glöckchen. Caro zeigte sich ihrem Meister und sah ihn fragend an. Phillip nickte seine Zustimmung und meinte:

"Gut schaust du aus."

Caro bedankte sich mit einem scheuen Lächeln und fragte: "Herr?"

"Ja meine Schöne?" fragte Phillip "was möchtest du?"

"Äähhmmm, ja also... iichhh, also" rief Caro sich energisch zur Ordnung "du hast so einen großen Kleiderschrank. Hast du da auch Fetischkleidung drin? Ääähhh, ich hab noch nie einen Mann in Strapsen gesehen" setzte Caro rot werdend nach.

"Ach mein armes Kätzchen" lachte Phillip "natürlich habe ich solche Kleidung. Damit schritt Phillip zum Schrank und zog einen Flügel auf. Caro trat näher und sah staunend einen schier unerschöpflichen Fundus an jeder Art von Fetischkleidung. Als Caro etwas genauer hinsah, entdeckte sie auch Röcke. Eine Abteilung beherbergte Leder in allen Variationen. Das Leder nahm, gemäß Phillips Geschmack, den breitesten Raum ein. Daneben hingen sorgfältig in Hüllen verpackt Anzüge und Accessoires aus Gummi, Lack und Latex. Die Nylonabteilung war naturgemäß etwas kleiner.

Phillip ging durch seine Lederabteilung und legte einige Sachen zurecht. Caro sah ihm staunend zu. Dann begann Phillip sich anzuziehen. Zuerst legte er sich einen Strapsgürtel aus feinstem, schwarzem Ziegenleder an. Dann zog er aus dem gleichen Material Strümpfe an, die bis zum halben Oberschenkel reichten. Sie lagen eng an und schmiegten sich wie eine zweite Haut an seine Beine. Caro konnte das feine Muskelspiel bei jeder seiner Bewegungen beobachten. Phillip befestigte jeden an vier Strumpfhaltern. Er grinste in Caros fassungsloses Gesicht, als er sich einen kiltartigen Rock anzog. Natürlich ebenfalls aus schwarzem Leder. Sodann schlüpfte er in weiche wadenhohe Stulpenstiefel mit niedrigen Absätzen. Grinsend wie ein großer Lausbub drehte Phillip sich vor Caro. Immer noch staunend verfolgte Caro Phillips Verwandlung. An jedem anderen Mann hätte die Kleidung die Phillip jetzt anhatte lächerlich gewirkt. Aber nicht an ihrem Meister.

Es war als ob dieses Material nur für Phillip erfunden worden wäre. Phillip und das Leder waren eins. Obwohl jedes Teil aus schwarzem Leder bestand, schimmerten die einzelnen Teile in anderen Nuancen und wirkten dadurch ungemein interessant. Elegant und geschmeidig wie eine große Raubkatze glitt Phillip wieder zum Kleiderschrank. Dort stand er sinnend davor und entschied sich dann für ein weißes Hirschlederhemd. Der Rüschenbesatz verlieh Phillip den Habitus eines gestandenen schottischen Clanführers. Eben einfach standesgemäß für ihn! Lächelnd öffnete Phillip seine Arme und Caro flog glücklich jauchzend hinein.

"Oh Meister, lieber Meister, ich bin ja so froh. Ich liebe dich!"

Fest klammerte sich Caro an ihren Herrn, so als ob sie ihn nie wieder loslassen wollte. Der Geruch Phillips, vermischt mit dem Duft des Leders erregte Caros Sinne. Tief sog diese die Duftkomposition ihres Meisters ein und genoss dieses Aphrodisiakum. Ihre eh' schon feuchte Möse begann schon wieder auszulaufen wie eine überreife Apfelsine in der Saftpresse. Sehnsüchtig begann sie ihre Fotze an Phillip zu reiben. Er gab ihr noch einen intensiven Zungenkuss, bevor er Caro mit einem kleinen Klaps auf ihren wohlgerundeten Hintern absetzte. Enttäuscht und geil nahm Caro es hin.

"Du bist ein kleines, gieriges Geilchen meine süße Lustsklavin. Wenn du mich weiter so forderst und gierig aussaugst bleibt nichts mehr für deine Schwestern übrig" grinste Phillip sie an.

Caro schlug sich die Hand auf den Mund und blickte ihn erschrocken an. Dann sah sie den Schalk in seinen Augen und das feine, fiese Grinsen in Phillips Gesicht. Wütend, dass er sie reingelegt hatte und wütend über sich selbst, weil sie darauf reingefallen war, trommelte sie mit ihren kleinen Fäusten auf seine Brust.

Atemlos vor Zorn keuchte Caro: "Ooohhh, du Schuft! Mich so reinzulegen. Du bist gemein... ach ich liebe dich so... wie du bist."

Caro schnüffelte noch ein wenig und bat dann Phillip um ihre Strafe für ihr respektloses benehmen. Der setzte sich auf einen Stuhl und legte Caro über seinen Schoß. Dann gab er seiner kleinen Lustsklavin auf jede ihrer hübschen Pobacken fünf kräftige Schläge mit der hohlen Hand. Es klatschte schön laut, tat aber nicht so weh, wie Caro es befürchtet hatte. Erstaunt und dankbar, bedankte sie sich für ihre Strafe. Phillip grinste sie wieder an und gebot ihr, ihm zu folgen. Mit Caro im Schlepptau ging Phillip Richtung Küche. Das leise Klingeln der Glöckchen begleitete ihre Schritte.

Tanja erwartete die beiden und führte sie direkt ins Esszimmer. Dort wurden sie von den anwesenden Sklavinnen unter der Führung von Jan erwartet. Jeder im Raum konnte das Glück Caros in ihren Augen erkennen. Estelle hielt sich ein wenig im Hintergrund auf. Sie war sich über ihren momentanen Status hier im Haus nicht sicher. Deswegen achtete sie sehr aufmerksam auf Phillip. So entging ihr nicht das stumme Zwiegespräch ihres Herrn mit Meister Jan. Der winkte Estelle zu sich heran und gab ihr leise einige Befehle. Estelle knickste und verschwand. Kurz darauf erschien sie umgezogen wieder und begab sich auf ihre Position. Nach einem Fingerschnippen Jans verfielen die restlichen Dienerinnen in betriebsame Hektik.

Die Herren begaben sich mit ihrer Begleitung zu Tisch. Die Mädels hatten einen runden Tisch für vier Personen gedeckt. Estelle als Majordomus dirigierte ihr Personal mit Geschick und Umsicht. Tanja rückte ihrem Herrn und dann Caro den Stuhl zurecht, während zu gleicher Zeit Tilda dasselbe für Jan und ihre Herrin Sakura tat. Phillip und Jan dankten mit einem Kopfnicken. Estelle sorgte mit Umsicht für die Bedienung und den Komfort der Meister, sowie ihren 1. Dienerinnen. Nach einer guten Stunde war das vorzügliche Mahl beendet. Caro und Sakura knieten zwischen den Schenkeln ihrer Meister und sorgten für Entspannung. Genussvoll stöhnten die Herren auf, als die beiden Samenräuberinnen ihr Ziel erreicht hatten. Liebevoll wurden sie umarmt und geküsst. Dann hob Phillip die Tafel auf und bedankte sich noch einmal bei Jan für seine Unterstützung.

Bevor Jan sich verabschiedete gab er Sakura noch Anweisungen: "Sakura, meine geliebte Sklavin Nr. 1, du bist dafür verantwortlich, dass alle Befehle von Meister Winter und Madame Caro von deinen Dienerinnen auf peinlichste ausgeführt werden. Ich bin zur Begrüßung nachher wieder da."

Damit verließ Jan den Raum um sich seinen Geschäften zu widmen. Phillip fragte sich was Jan wohl in der Spionagesache unternehmen würde. Er war jedenfalls mehr als nur froh, Jan in dieser Sache an seiner Seite zu haben. Nach einem Blick auf die Uhr klatschte Phillip in die Hände und war sich so der Aufmerksamkeit seiner Dienerinnen gewiss.

"So ihr Süßen, in einer halben Stunde treffen die Cateringleute ein. Estelle du wirst dich um sie kümmern. Du hast ja bereits mit ihnen zusammengearbeitet. Ich erwarte, dass alles wie am Schnürchen klappt! Enttäusche mich nicht. Sakura, Caro ihr werdet euch um die Deko-Leute kümmern. Sie müssten in 15 Minuten hier eintreffen. Sakura, du kümmerst dich um die Dekoration der Räume. Das kennst du ja bereits. Lerne Caro an. Anschließend kümmert ihr euch um die Kleidung der Sklavinnen. Sie stehen den Gästen heute nicht zur Verfügung!" Phillip drehte sich um und verschwand in seinem Büro. Seine Ansage signalisierte Sakura und Caro, dass sie heute als Damen ihrer Häuser fungieren würden. Sakura und Caro sahen sich an und sagten wie aus einem Mund:

"Das schaffen wir schon!" Erstaunt und erfreut über diese Duplizität, fingen sie spontan an zu lachen und fielen sich dabei in die Arme. Hand in Hand gingen sie zu einem Fahrstuhl und fuhren ins Kellergeschoss. Sakura führte Caro herum, erläuterte ihr die Räumlichkeiten und deren technische Ausstattung. Caro staunte und fragte Sakura wieso hier so eine theaterähnliche Ausstattung vorhanden sei.

"Das lass dir am besten von deinem Herrn erklären" meinte Sakura.

Caro nahm sich vor, genau das zu tun. Während die beiden plaudernd zurück zur Kellertür gingen, vernahmen sie wie aus dem Nichts einen lauten, dumpfen Knall und ein Klirren. Es kam aus Richtung der Eingangstür. Beide standen da wie Salzsäulen, unfähig sich zu bewegen. Einen Augenblick später hörten sie laute Schritte von mehreren Personen, die scheinbar durchs Haus rannten. Sollten das die Leute vom Catering sein, dachte sich Caro. Ehe sie zu Sakura sprechen konnte, knallte es mit unglaublicher Lautstärke, als wenn jemand mit aller Kraft mit einem Hammer auf eine Metallplatte schlug. Dieses Geräusch durchdrang das gesamte Anwesen.

Im gleichen Moment entbrannte Geschrei. Instinktiv griff Sakura Caros Handgelenk, zerrte sie in den Keller und verrammelte die massive Kellertür hinter sich. Sakura presste ihren Zeigefinger sanft auf Caros Lippen um ihr zu signalisieren sich ruhig zu verhalten. Caro war bleich wie eine Leiche und zitterte wie Espenlaub. Dann flüsterte Sakura zu ihrer Schwester: "Das war ein Schuss, wir müssen hier weg!"

Ohne auf Caros Antwort zu warten, zog sie wieder an ihr und wollte die Kellertreppe hinab. Caro stockte und wollte nicht weiter. Ihr wurde schwarz vor Augen und sie rang nach Luft. In diesem Moment fielen weitere Schüsse im Haus, in kurzen Abständen. Schreie und lautes Weinen folgten direkt darauf. Caro hatte sich noch immer nicht gefangen. Sie rang noch immer nach Luft und die Tränen liefen ihre Wangen herab. Sie hatte einen bitteren Geschmack im Mund. Sie hätte den Unterschied zwischen Pommes Frites und Scheiße nicht schmecken können, in diesem Moment. Sie fühlte den Brechreiz anklopfen und wurde von ihm übermannt. Sie kotze sich die Seele aus dem Leib, dann gab sie Sakuras ziehen und zerren nach um ihr in Richtung Vorratsraum hinterherzustolpern. Eben da angekommen, versuchte Caro sich zu sammeln. Sie zitterte noch immer am ganzen Körper. Sakura schien es nicht besser zu gehen. Der Schock saß tief in ihren Knochen.

Caro richtete nun flüsternd das Wort an Sakura:

"Wwas passiert da nur? Wir müssen die Polizei rufen!"

"Das geht nicht Schwester, wie denn? Hast du ein Handy einstecken? "

"Nein, natürlich nicht, das hätte hier aber eh kein Netz... Wir müssen wieder hoch, den anderen helfen! Los!"

"Bist du verrückt Caro? Das waren Schüsse! Da sind

mehrere Eindringlinge mit Waffen im Haus! Wir können nichts tun."

Kaum zu Ende gesprochen, fing Caro bitterlich an zu weinen, wie ein Schlosshund. Sie war zwischen Angst und Liebe hin und hergerissen. Sakura hatte Recht, es waren Schüsse. Was wollten die zwei da schon ausrichten? Auf der anderen Seite wollte sie ihren Schwestern und Phillip beistehen, ihnen helfen! Durch die Aufregung und die Angst, hatte ihr Körper Unmengen an Adrenalin ausgeschüttet. Ihr Herz raste! Caro konnte keine Entscheidung treffen, was sie machen solle. Sie konnte nicht klar denken.

Wer sollte ihnen etwas Böses wollen? Und Warum??? Sollte es vielleicht ein weiterer Test von Phillip sein? Oder war es vielleicht ein makabrer Spaß von Jan? Nein, das konnte nicht sein... sowas würde niemand inszenieren... Warum auch?

Es herrschte absolute Stille im Keller. Nichts von oben oder von außen war zu hören. Es war gespenstisch und die Zeit schien stillzustehen. Caro und Sakura klammerten sich wortlos aneinander. Wieviel Zeit verging, konnten beide nicht sagen, aber es fiel grelles Tageslicht durch ein kleines Kellerfenster. Die Ungewissheit was passiert war, zermürbte beide Frauen sichtlich. Sakura war sich sicher, dass sie Schüsse vernommen hatte. Sie kannte das Geräusch gut, da Jan Sportschütze war und es ihn antörnte, seiner nackten ersten Sklavin beim Schießen zuzusehen. Dennoch hoffte sie, entgegen ihren Verstand, dass sie mit ihrer Einschätzung falsch lag.

Caros Blick starrte ins leere. Sie war in Gedanken versunken. Die Stille wurde auf einmal, durch die Sirenen mehrerer Einsatzfahrzeuge, die immer näherkamen, zerrissen. Das Kellerfenster, durch welches Tageslicht einfiel war in Richtung Haupteingang der Villa ausgerichtet. Man konnte hören wie die Einsatzfahrzeuge hielten und deren Besatzungen diese im Eiltempo verließen, um ins Haus zu stürmen. Kurze Kommandos und schneidige Schritte wie im Film, waren nun zu vernehmen. Es musste die Polizei sein.

Caro und Sakura atmeten auf, ein Gefühl der Sicherheit legte sich um sie wie eine warme Decke. Andererseits war nun auch Gewiss, dass etwas Furchtbares passiert sein musste. Nach kurzer Zeit, pochte jemand mit der Faust gegen die Tür und rief: "Polizei, öffnen Sie die Tür!"

Caro stand zuerst auf. Ihre Beine fühlten sich an wie aus Gummi. Als nächstes half sie Sakura beim Aufstehen. Beide umarmten sich nochmal aufs innigste um Kraft zu sammeln, für was auch immer nun kommen möge. Dann wischten sie sich gegenseitig die Tränen aus den roten Augen und bewegten sich auf ihren wackligen Beinen in Richtung Kellertür. Die Polizisten pochten ein weiteres Mal, diesmal noch energischer gegen diese und wiederholten ihre Aufforderung.

Caro rief in Richtung der Tür: "Wir kommen schon, einen Moment bitte!"

Sie beeilte sich und entriegelte die schwere Tür, so schnell sie nur konnte. Den Rest erledigten die Beamten, da die Tür in ihre Richtung zu öffnen war. Sie strahlten den beiden Frauen mit ihren Taschenlampen ins Gesicht. Caro stand noch dermaßen unter Schock, dass ihr gar nicht bewusst war, dass sie nur mit ein wenig Schmuck bekleidet war. Einer der Beamten versicherte sich Augenblicklich nach ihrer und Sakuras Unversehrtheit und geleitete die beiden in Richtung Ausgang.

Kurz vor der Haustür bot sich ein schreckliches Bild. Estelle lag leblos im Eingangsbereich in ihrem eigenen Blut mit verzerrtem Gesicht. Die Augen waren weit geöffnet und starrten ins leere. Sakura, die sonst so selten Gefühle zeigte, brach in Tränen aus. Als Caro Estelle so sah, drehte sie durch! Sie wollte ihr helfen, obschon jede Hilfe zu spät kam... Der Notarzt hatte bereits ihren Tot festgestellt. Dennoch wollte Caro zu ihr, doch einer der Beamten stellte sich ihr in den Weg. Im nächsten Augenblick traf es Caro wie ein Blitz!

"Wo ist Phillip! Wo ist Phillip!" schrie sie den Polizisten an wie eine wildgewordene Furie.

"Sie stehen unter Schock und haben nichts weiter an. Kommen Sie mit nach draußen. Im Hof steht ein Rettungswagen. Die Sanitäter werden sich um Sie kümmern. Und eine Decke geben" entgegnete der Beamte ihr und versuchte sie zu trösten.

"Ich will zu meinem Verlobten, Herrn Winter! Geht es ihm gut?"

"Wie heißen Sie junge Frau?" war die ausweichende Antwort des Polizisten.

"Caro, ich will jetzt aber zu meinem Verlobten!"

"Caro, ich kann Sie nicht zu ihm lassen. Es tut mir leid

Ihnen mitteilen zu müssen, dass ihr Verlobter seinen Verletzungen noch am Tatort erlegen ist. Tut mir wirklich leid. Die Kripo und die Spurensicherung sind auf dem Weg hierhe..." in diesem Moment musste der Beamte seinen Satz unterbrechen um Caro abzufangen.

Sie hatte ihr Bewusstsein verloren. Das war einfach zu viel für sie. Sakura und der Beamte kümmerten sich um sie, bis die Rettungssanitäter übernahmen. Sie brachten Caro in den Rettungswagen. Sakura wich nicht von ihrer Seite. Sie insistierte an der Seite ihrer Schwester bleiben zu dürfen und setzte sich durch. Ein Streifenwagen eskortierte den Krankenwagen und in Windeseile erreichte der Konvoi das Krankenhaus. Die beiden Schwestern bekamen ein Zimmer für sich. Sakura saß ohne Unterbrechung an Caros Bett. Die hatte ein starkes Beruhigungsmittel verabreicht bekommen und war im Zauberland. Es war schwer zu sagen ob sie schlief oder wach war.

Sakura sorgte sich um Jan und die anderen Mädels. Sie hatte nichts gehört, aber wie auch ohne Smartphone. Zum Glück hatten sie einen Beamten, der vor der Tür auf sie aufpasste. Auf der anderen Seite stellte sich die Frage ob sie noch immer in Gefahr schwebten, oder waren sie etwa Verdächtige? Passte der Beamte wirklich auf sie auf oder bewachte er die beiden? Was war überhaupt geschehen und warum? Was war aus den anderen geworden? Über diese Fragen zermarterte sich Sakura ihren schönen Kopf bis in die Nacht, dann schlief sie auf dem Stuhl neben Caro ein.

Am nächsten Tag kam die Polizei vorbei und befragte die beiden. Caro hatte sich ein wenig gefangen. Es gab immerhin auch eine gute Nachricht: Zita, Tilda, Franziska, Lucille und Tanja ging es soweit gut. Sie hatten sich ebenfalls im Haus versteckt und konnten so ihr Leben retten. Franziska und Tanja standen unter Polizeischutz an einem sicheren Ort. Sie hatten die Angreifer aus ihrem Versteck heraus für einen kurzen Moment beobachten können. Sie konnten zweifelsfrei berichten, dass es sich bei den Tätern um Rocker gehandelt haben musste. Sie trugen Lederwesten mit der Aufschrift "Hells Angels". Allerdings konnten sie keine Gesichter erkennen, da die Männer Sturmhauben trugen.

Die schlechte Nachricht war, dass die Polizei Jan am gestrigen Abend tot auf einem Autobahnparkplatz an der A44 aufgefunden hatte. Er wurde genau wie Phillip, durch Schüsse aus kürzester Distanz regelrecht hingerichtet. Sakura nahm diese Nachricht mit Fassung auf, obwohl ihr Herz in diesem Moment zerbrach. Caro berichtete den wissbegierigen Beamten der Kripo alles was sie sagen konnte. Von der Vorgeschichte mit Nora Wieland und den Rockern wusste sie allerdings nichts. Weder Phillip, noch Jan hatten ihr davon erzählt, was damals im Bambi passiert war.

Phillip und Jan hatten sich maßlos überschätzt, sich mit den Rockern anzulegen. Die naive Idee, sie für eine Woche Madame Ademina, zum Spielen zur Verfügung zu stellen, besiegelte ihr Schicksal. Die Abwesenheit der Rocker fiel natürlich auf. Es war für die Führung der Angels ein leichtes, herauszufinden wo ihre fehlenden Fußsoldaten abgeblieben waren und ebenso leicht Madame Ademina zu entlocken, wer ihre Männer in ihre Obhut geben wollte. Es war kein Geheimnis das Jan für Phillip arbeitete. Nur weil man eine dicke Villa wie ein Bond-Bösewicht und einen Harem sein eigen nennen kann, macht einen das noch lange nicht zum Bond-Bösewicht.

Sakura und Caro blieben noch bis zum nächsten Tag unter Beobachtung im Krankenhaus. Sie und die anderen Schwestern sahen sich dann bei den Beerdigungen von Estelle, Phillip und Jan ein letztes Mal. Danach trennten sich ihre Wege. Was aus Franziska und Zita wurde, weiß niemand. Sakura und Lucille zog es nach Hamburg. Sie eröffneten auf der Reeperbahn ihr eigenes BDSM Studio. Tanja arbeitet heute in einem Callcenter für Apple. Phillips Firma wurde abgewickelt und existiert nicht mehr. Die Täter konnten bis zum heutigen Tag nicht ermittelt werden, obwohl sogar eine Sonderkommission mit dem Fall betraut wurde.

Caro lebte für ein paar Wochen zurückgezogen auf dem Land bei ihren Eltern. Sie konnte nicht zurück nach Paderborn. Alles würde sie dort an die Liebe ihres Lebens, die ihr so brutal genommen wurde, erinnern. Sie ließ alles hinter sich und fing im sonnigen Kalifornien neu an. Acht Monate später brachte sie einen gesunden Sohn zur Welt. Sie benannte ihn nach seinem Vater - Phillip. Bis heute lebt sie als alleinerziehende Mutter und hat ihren Verlobungsring nie abgelegt.

ENDE

Über die Autorin

Liebe Leser,

mein Name ist Victoria Neumann. Unter meinem Pseudonym "Victoria Newton" veröffentliche ich meine Bücher. Ich hoffe, dass ihr mit meiner Arbeit zufrieden seid. Kritik ist Teil des Lernens, des besser Werdens und des Erfolges. Ich ver-

stehe diese als Anregung, mich stätig zu verbessern. Deswegen unterstützt mich bitte durch eure Anregungen und konstruktive Kritik. Ich schreibe meine Bücher in meiner Freizeit und hoffe euch damit eine Freude zu machen.

Einige Episoden des Buches habe ich genauso erlebt wie beschrieben und manche sind in meiner Fantasie entstanden. Charaktere in dem Buch sind an Personen angelehnt, mit denen ich meine Vorlieben auslebe. Ihre Namen habe ich geändert.

Ich habe keine Unterstützung durch einen Verlag oder Lektoren. Besonders deswegen, seit bitte so lieb und nehmt euch fünf Minuten Zeit für eine Bewertung. Für mich ist dies die einzige Möglichkeit, ein Feedback zu erhalten.

Vielen Dank – eure Victoria!